剣豪与力と鬼長官
極悪大名

倉阪鬼一郎

JN034916

コスミック・時代文庫

この作品はコスミック文庫のために書下ろされました。

目次

第一章　道場破り

一

「ていっ！」

気の入った掛け声が放たれた。

引き締まった顔つきの男がひき肌竹刀《はだしない》をかざす。

月崎陽之進《つきざきようのしん》だ。

南町奉行所の隠密廻り同心だったが、その功績と人物を見込まれ、このたび与力に抜擢《ばってき》された。町方ではあまり類例のない昇進だ。

柳生新陰流《やぎゅうしんかげりゅう》は免許皆伝《めんきよかいでん》、その名にちなむ陽月流《ようげつりゅう》の遣《つか》い手でもある。かつては剣豪同心と呼ばれていたが、晴れて昇進したいまは「剣豪与力」だ。

そのひき肌竹刀が小気味よく上段から振り下ろされた。稽古《けいこ》で無用の怪我をせぬように、柳生新陰流では牛や馬の皮をかぶせたひき肌竹刀を用いる。

「とりゃっ」

相対する男が正しく受けた。

長谷川《はせがわ》平次《へいじ》だ。

鬼平と恐れられた火付盗賊改方《ひつけとうぞくあらためかた》長官、長谷川平蔵《へいぞう》の遠縁に当たる。

剣流は陰流だ。柳生新陰流の源流ゆえ、同門といえる。

長く脚気《かっけ》を患《わずら》っていた長官が勇退したことにより、与力から後任の長官に昇進した。鬼与力から「鬼長官」になったわけだ。

「ぬんっ」

剣豪与力が打ちこむ。

「せいっ」

鬼長官が受ける。

二人の稽古からは凛冽《りんれつ》の気がほとばしっていた。

八丁堀《はっちょうぼり》に近い松川町《まつかわちょう》の一角に、自彊館《じきょうかん》という道場がある。

自彊不息《ふそく》、すなわち「自ら彊《つと》めて息《や》まず」を旨《むね》とする道場には、八丁堀の同心なども通って研鑽《けんさん》に努めていた。

剣豪与力と鬼長官、二人の熱のこもった稽古を、道場主の芳野《よしの》東斎《とうさい》がじっと腕組みをして見守っていた。

もうかなりの歳だが、背筋はしゃんと伸びている。眼光も鋭い。門人たちの稽古は師範代の二ツ木《ふたつぎ》伝三郎《でんざぶろう》などに任せ、自ら竹刀を執《と》ることは少なくなったが、芳野東斎が見守っているだけでおのずと道場の気が引き締まる。

「てやっ」

今度は長谷川平次が打ちこんだ。

外連味《けれんみ》のないまっすぐな剣だが、体の幹がしっかりしており、見た目より格段に腕が伸びる。

「とおっ」

月崎陽之進が正面から受ける。

汗が飛び散る。

剣豪与力と鬼長官の火の出るような稽古は、なおしばらく続いた。

「……それまで」

頃合いと見て、道場主が右手を挙げた。

さしもの二人も、動きに乏しくなってきた。

ひき肌竹刀を納め、互いに礼をする。

見守っていた門人がふっと息をついた。

見ているだけで背筋に汗が伝う。

そんな稽古だった。

二

「役宅のほうはもう落ち着いたか、平次」

剣豪与力がそう問うて、湯呑みの酒を啜《すす》った。

ここは自彊館と同じ通りにある江戸屋《えどや》。稽古で汗を流したあとは、この飯屋で一献《いっこん》傾けるのが常だ。兄の甚太郎《じんたろう》が駕籠屋《かごや》、弟の仁次郎《じんじろう》が飯屋。兄弟で江戸屋という名の見世《みせ》を営んでいる。同じ名だから、「駕籠屋」「飯屋」で通る。

「ええ、なんとか」

鬼長官はそう答えると、素麵《そうめん》を小気味よく啜った。

暑気払いの料理には数々あるが、やはりこれがいちばんだ。

「町方と違って、火盗改方は長官の屋敷が役宅になるからな」

月崎陽之進も素麵に箸《はし》を伸ばした。

剣豪与力のほうがいくらか年上の兄貴分だ。

「心の備えはしていたとはいえ、家族も大変で」

長谷川平次が言った。

鬼長官には、妻に加えて子が三人いる。剣豪与力は二人だから一人多い。

「見知らぬ男たちが身内になるようなものゆえ」

月崎与力はそう言って、素麵を啜った。

「家族とは入口を分けましたので、娘たちも安心しております」

鬼長官が笑みを浮かべた。

上の二人が女で、末っ子が男だ。泣く子も黙る強面《こわもて》の鬼長官だが、家族には優しい。

「それは重畳《ちょうじょう》」

剣豪与力の箸が動く。

素麵の残りはたちまち少なくなった。

「鯛飯《たいめし》もお持ちいたしましょうか」

おかみのおはながを声をかけた。

「おう、いいな。くんな」

剣豪与力がすぐさま答えた。

「鯛は刺身もできるか」

鬼長官が問うた。

「できますよ」

厨《くりや》から仁次郎が答えた。

江戸屋の駕籠かきたちに加えて、近くの楓川《かえでがわ》の河岸で働く男たちも来るから、見世には活気がある。

「なら、多めにくれ」

月崎与力が言った。

「承知で」

飯屋のあるじがいい声で答えた。

そのとき、二人の男が急ぎ足で入ってきた。

「あっ、旦那《だんな》がた」

「おそろいで」

江戸屋に姿を現したのは、月崎与力の同心時代の手下、閂《かんぬき》の大五郎《だいごろう》と猫又《ねこまた》の小《こ》六《ろく》だった。

三

「廻り仕事の途中なんですが、まずは腹ごしらえを」

門の大五郎がそう言って、丼に盛られた鯛飯をわっとかきこんだ。

元相撲《すもう》取りの十手《じって》持ちだ。四股名《しこな》は大門《だいもん》で、怪力に物を言わせた門やさばおりや張り手などで恐れられた。六尺（約一八〇センチ）豊かな偉丈夫《いじょうふ》で、大飯食らいでもある。

「おれも町場を廻ってるほうが性に合ってるんだがな」

剣豪与力が少し苦笑いを浮かべて箸を動かした。

こちらの鯛飯は控えめな茶碗に盛られている。

「いや、与力さまに出世したんですから」

猫又の小六が笑みを浮かべた。

その名のとおり、小回りの利くすばしっこい下っ引きだ。相撲取りとしての得意技は、相手の顔の前で両手を打ち合わせてひるませてからふところに飛びこむ猫だましだった。さりながら、なにぶん力がないものだから、首尾よく前みつをつかんでも勝つまでは大変で、下のほうの取的《とりてき》どまりだった。

「奉行所にでんと座ってるのは退屈でいけねえや」

月崎陽之進はそう言うと、今度は刺身に箸を伸ばした。

「そのうち、われらの加勢があるやもしれませんので」

いくぶん声を落として、鬼長官が言った。

「火盗改方に加勢するんですかい」

十手持ちが訊《き》く。

「しっ、声が高い」

剣豪与力がたしなめた。

「へい」

大五郎がうなずく。

「おれは町方の与力だが、平次とともに江戸の悪を懲《こ》らしめるという役どころもある。武家地でも町場でも寺方でも、火盗改方は捕り物なら踏みこんでいけるが、おれはまあその闇の助っ人みたいなもんだ」

剣豪与力は声を抑えて言った。

「芝居にでもなりそうですな」

小六がそう言って、鯛飯を口に運んだ。

「おめえも脇役で出てるんだからな」

月崎陽之進が渋く笑った。

「もちろんおいらも」

大五郎親分がまたわしっと鯛飯をかきこむ。

「忍びの心得がある元隠密も手下に加えてもらう手筈《てはず》が整ったので」

鬼長官が伝えた。

「隠密廻りじゃなくて、隠密か」

と、与力。

「そうです。諸国を廻っていた元隠密で、なかなか頼りになりそうです。いずれ紹介しますよ」

長谷川平次が答えた。

「おめえと二枚看板の忍びでいきゃあいいぜ」

門の大五郎が手下に言った。

「いや、下っ引きと隠密が同じ格じゃ相済まねえ」

猫又の小六が軽く手を振った。

「なに、影御用に格なんぞどうでもいい。要は、いかに悪を懲らしめるかだ」

剣豪与力は引き締まった表情で言った。

「いまこうしているあいだにも、蠢動《しゅんどう》を始めている悪がいるやもしれませんからな。どうもそんな気がします」

鬼長官がこめかみに指をやった。

「平次の勘ばたらきは鋭いゆえ」

剣豪与力が言った。

鬼長官の勘は正しかった。

次なる悪は、身近なところに姿を現した。

四

「頼もう」

よく通る声が響いた。

翌日の自彊館だ。

「手合わせを願う」

木刀を手にした男が言った。

「ならば、道着に改められよ」

奥で門人たちの稽古を見ていた芳野東斎がうながす。

「このままでよい」

初顔の男は答えた。

着流し姿だ。上背があり、両肩が張っている。

「郷に入っては郷に従うべし」

道場主がたしなめた。

「ならば、貸せ」

男は身ぶりをまじえた。

「木刀も不可なり。当道場ではひき肌竹刀を用いる」

芳野東斎の眼光が鋭くなった。

「これを使われよ」

師範代の二ツ木伝三郎がひき肌竹刀を渡した。

「ふん」

男は鼻を鳴らした。

「子供だましか」

そう独りごちる。

不平そうだったが、初顔の男はひき肌竹刀を手にした。

道場の外では、もう一人の男が腕組みをして見守っている。どうやら知り合いのようだ。

「道場主と手合わせを所望する」

男は有無を言わせぬ口調で言った。

「東斎先生はご高齢ゆえ、師範代のそれがしが」

二ツ木伝三郎が前へ進み出た。

「年が寄って腰が立たぬか」

道場破りとおぼしい男は傲然《ごうぜん》と言い放った。

「口を慎《つつし》め」

芳野東斎の顔に怒りの色が浮かんだ。

ゆっくりと立ち上がり、ひき肌竹刀をつかむ。

「先生、ここはそれがしが」

師範代が切迫した口調で言った。

「おれは道場主と戦う。邪魔をするな」

男の声が高くなった。

「稽古は戦いではない。料簡《りょうけん》違いをするな」

自彊館の道場主がひき肌竹刀をつかんだまま言った。

「おれに意見をするな。片腹痛い」

男がそう言い放つ。

「剣術の稽古は礼に始まり、礼に終わる。相手を尊重し、ともに腕を磨くために竹刀を交えるのだ。それが分からぬ者は、早々に立ち去れ」

芳野東斎が身ぶりをまじえた。

「臆《おく》したか。腰抜け」

道場破りが吐き捨てるように言った。

「礼を知らぬ者はわが道場の穢《けが》れだ。立ち去れ」

道場主がなおも言った。

「速やかに立ち去るべし」

二ツ木伝三郎も厳しい表情で言った。

「下愚《げぐ》が」

怒りをあらわにすると、道場破りはひき肌竹刀を道場の床にたたきつけた。

さらに、唾《つば》を吐く。

剣士とは思えぬ所業だ。稽古の手を止めて見守っていた門人たちの顔にも怒りの色が浮かんだ。

「覚えていろ」

道場破りは捨て台詞《ぜりふ》を吐いた。

そして、大股で立ち去っていった。

五

「では、本日はこれにて」

自彊館の道場主が言った。

「はっ。お疲れさまでした」

師範代の二ツ木伝三郎が一礼した。

「あとを頼む」

芳野東斎はそう言って道場を出た。

あたりはもうかなり暗くなっていた。

日が西に傾いてくると門人同士の稽古は打ち切る。それから型をさらい、みなで拭き掃除をして一日を終えるのが習いだった。

芳野東斎の住まいは坂本町《さかもとちょう》にある。松川町の自彊館からはそう遠くない。新場橋《しんばばし》で楓川を渡ればすぐそこだ。

新場の河岸に近いから、この界隈《かいわい》にはうまい魚料理を出す見世がいくつかある。道場が終わると、なじみの見世に立ち寄り、一献傾けてから帰るのが道場主の習いとなっていた。

いたってつましい暮らしぶりだが、息子が刀工として独り立ちしており、その仕事場も兼ねている。娘も三人いたが、早々に嫁《とつ》いで、いまは老妻と息子と三人で暮らしていた。

剣正《けんせい》という号を持つせがれは、刀工としてひとかどの腕前になった。修業時代が長く、妻帯はしていないが、毎日つとめに励んでいる。

本来なら、剣術を伝授して道場の跡継ぎにさせたいところだったが、あいにく息子は生まれつき足が悪かった。剣士にはなれない。

そこで、当人の望みもあり、刀工への道を進ませることにした。刀鍛冶《かたなかじ》は仕事場にこもって刀の鍛錬などを行うから、足が悪くてもつとまる。

煮魚をつつきながら銚釐《ちろり》一本分の燗酒《かんざけ》を呑む。それが老剣士のささやかな楽しみだった。

「本日はいかがでしたか」

あるじが渋い声で言って、道場主に酒をついだ。

あまりうるさい客がいない見世で、独りばたらきのあるじの客あしらいにも一本筋が通っている。

「久々に道場破りが来たが、門前払いにした」

芳野東斎は答えた。

「そう。それはまたどうして」

あるじは驚いたように問うた。

「人を人とも思わぬ輩《やから》だったゆえ、立ち去れと命じたのだ」

道場主は答えた。

「なるほど」

あるじがうなずく。

「不浄《ふじょう》の者を立ち入らせると、道場の気が穢れるゆえ」

芳野東斎は眉根を寄せた。

「道場破りはおとなしく立ち去りましたか」

あるじが問うた。

「たいそう立腹の様子で、捨て台詞を残していったが、やむをえぬことだ」

道場主はそう言って酒を呑み干した。

六

一献傾けているうちに、外はすっかり暗くなっていた。

橋を渡れば、住まいはすぐそこだ。いくたびも通っている道だから、提灯《ちょうちん》に火を入れるまでもない。

芳野東斎は橋に差しかかった。

少し上り、下る。

わずかに軋《きし》み音《ね》がする。

月あかりはない。

あたりはもういちめんの闇だ。
遠くで半鐘《はんしょう》が鳴っている。火が出たらしい。
その音に耳をすませていた道場主の顔つきが変わった。
殺気を感じたのだ。
「何やつ」
芳野東斎は木刀に手をやった。
闇が不意に動いた。
蠢《うごめ》く。
その闇の芯から、声が響いた。
「思い知れ！」
賊はやにわに襲ってきた。
剣を振り下ろす。
自彊館の道場主は木刀で受けた。
間合いが近くなった。
敵は頭巾《ずきん》で面体《めんてい》を覆《おお》っていた。
それでも、分かった。

今日の道場破りだ。

一人ではない。もう一人いる。

「愚か者！」

芳野東斎は一喝《いっかつ》した。

「下愚が」

道場破りとおぼしい者は体《たい》を離すと、上段からまた思い切り斬《き》り下ろしてきた。

膂力《りょりょく》にあふれた剣だ。

「うっ」

芳野東斎がうめいた。

木刀が短くなっていた。

敵の剣で斬り落とされてしまったのだ。

「死ねっ」

道場破りはかさにかかって攻めこんできた。

さしもの老武芸者も、短くなった木刀で受けることはできなかった。

「ぐわっ」

短い悲鳴が放たれた。

「助太刀《すけだち》いたす、殿」

もう一人の男がよく通る声で言った。

道場主に向かって剣を突き出す。

過《あやま》たず突き刺さった。

「とどめだ」

助太刀の剣が抜かれたところで、道場破りが剣を振るった。

袈裟《けさ》斬りにする。

芳野東斎はもう声を発しなかった。

自彊館の道場主は、闇に斃《たお》れた。

第二章　謎の声

一

悲報は翌日の自彊館《じきょうかん》に届けられた。

あろうことか、道場主の芳野東斎は辻斬《つじぎ》りとおぼしい者によって殺《あや》められた。木刀しか持たぬ者に、恐らくは二人がかりで斬りかかって殺めたのだ。卑劣《ひれつ》きわまる蛮行《ばんこう》だった。

悲報は町方と火盗改方にも届いた。

剣豪与力と鬼長官は急いで道場に駆けつけた。

師範代の二ツ木伝三郎をはじめとして、門人たちはみな沈痛な面持《おももち》ちだった。

「何はともあれ、先生のお住まいへ」

月崎陽之進が言った。

芳野東斎のむくろは、昨夜のうちに家族のもとへ運ばれている。これから弔問《ちようもん》へ行くところだ。

「痛ましいことで」

長谷川平次が唇を嚙んだ。

「いったいだれが、かような蛮行を」

鬼長官が言う。

「それがしに思い当たることが」

師範代が胸に軽く手をやった。

「思い当たること？」

月崎与力の表情が変わった。

「はい。昨日、不遜《ふそん》にして非礼なる道場破りが当館に来たのです。先生が一喝《いつかつ》して追い返したのですが、ことによると、あの者がそれを根に持って凶行に及んだのではなかろうかと」

二ツ木伝三郎が告げた。

「きっとそうです。人を人とも思わぬ輩《やから》でしたから」

ほかの門人も言う。

「先生はどのような一喝をされたのか」

今度は鬼長官が問うた。

「『礼を知らぬ者はわが道場の穢《けが》れだ。立ち去れ』と」

師範代が記憶をたどって答えた。

「声音《こわね》まで聞こえるかのようだ」

剣豪与力がしみじみと言った。

こらえきれずに、門人の一人が啜《すす》り泣きを始めた。

ほかの門人も目頭《めがしら》を押さえる。

しばらく重い沈黙があった。

「それがしも……」

二ツ木伝三郎は一つ咳払《せきばら》いをしてから続けた。

「『速やかに立ち去るべし』と道場破りに告げました。それが怒りの火に油を注ぐことになったのやもしれません」

師範代は悔《くや》しそうに言った。

「そなたのせいではない。やむをえぬことだ」

月崎与力が言う。

「はっ」

二ツ木伝三郎は短く答えた。

また沈黙が道場を領した。

「ほかに何か気になったことはないか」

剣豪与力が問うた。

「ささいなことでもよい」

鬼長官も言う。

「供の者のような男が表で待っておりました」

門人の一人が伝えた。

「なるほど」

月崎与力がうなずいた。

「かなり身分のある人物かもしれません。人を人とも思わぬ態度は、その生い立ちから生まれてきたもののようにも思われました」

師範代は慎重に告げた。

「身分のある人物がお忍びで道場破りに現れ、先生に一喝されたのを恨んで、辻斬りの凶行に及んだというわけか。平仄《ひょうそく》は合うな」

剣豪与力はそう言って鬼長官のほうを見た。

「では、詳細な人相風体《ふうてい》を聞きましょう」

長谷川平次が言った。

その後は道場破りについて、ひとしきり聞き込みが続いた。

火盗改方からは、似面《にづら》の心得のある手下が帯同していた。門人たちの証《あか》し言《ごと》に基づき、筆を走らせていく。

いくたびか描き直すたびに、似面は道場破りの面体に近づいていった。

「ああ、この男です。本物そっくりになりました」

師範代が太鼓判《たいこばん》を捺《お》した。

「瞼《まぶた》の裏に焼きつけたぞ」

剣豪与力の声に力がこもった。

二

大勢で弔問に押しかけるわけにはいかないから、芳野家には三人が訪れた。

剣豪与力と鬼長官、それに、師範代の二ツ木伝三郎だ。

「お越しいただき、ありがたく存じます」

老妻の志津《しづ》がていねいに頭を下げた。

息子の刀工の剣正も無言で礼をする。

「このたびは、とんだことで」

焼香を済ませた月崎陽之進が言った。

「まずは心よりお悔やみ申し上げます」

長谷川平次も続く。

「自彊館を代表してまかりこしました。門人一同、深い悲しみに包まれております」

二ツ木伝三郎が沈痛な面持ちで言った。

「では、顔を見てやってくださいまし」

志津がむくろのほうを手で示した。

「はっ」

剣豪与力が一礼し、ひざを送った。

芳野東斎の顔には、清浄な白い布がかけられていた。

ゆっくりと手を伸ばし、布をめくる。

「先生……」

月崎与力は思わず絶句した。

むろん、予期していた姿だが、いざ師の死に顔を正眼《まさめ》に見ると、胸が詰まって言葉が出てこなかった。

「南無阿弥陀仏……」

鬼長官が両手を合わせる。

「南無阿弥陀仏……」

師範代も和した。

芳野東斎の死に顔には、そこはかとない無念の情が貼りついているかのようだった。それが何とも言えなかった。

「先生……」

鬼与力が語りかけた。

「敵《かたき》はわれらが討ってみせます」

月崎陽之進は力強く言った。

「われら火盗改方も、総力を挙げて敵を探し出し、必ず討ち果たしてみせますので」

長谷川平次も引き締まった顔つきで言う。

「敵討ちは門人一同の願いでもあります。どうか、天から力をお貸しください、先生」

二ツ木伝三郎はぐっと拳を握った。

「一つ、お願いの儀がございます」

剣正が口を開いた。

「何なりと」

剣豪与力が答えた。

刀工はつややかな鞘《さや》に収まったひと振りの刀を差し出した。

「これは、わたくしが鍛錬した刀です。魂《たましい》をこめたつもりです。この刀で、どうか父の敵を討ってくださいまし」

剣正のまなざしに力がこもった。

「拝見」

月崎与力は短く答えると、刀を抜いた。

「ほう」

鬼長官が思わず声をもらした。

「見事な刀ですね」

師範代も感嘆の面持ちで言う。

「素晴らしい刀だ」

鬼与力が瞬《まばた》きをした。

「もともと、東斎に贈るつもりだったようです。古稀《こき》の祝いとして」

志津が明かした。

「父のさらなる長寿を祈って、心をこめてつくった刀です」

剣正は無念そうに言った。

「この刀で……」

剣豪与力はそこで言葉を切った。

鬼長官と目と目が合う。

「必ずや、敵を討ち果たしますぞ」

陽月流の遣《つか》い手がそう請け合った。

「しばしお待ちください、先生」

鬼長官がむくろに向かって言った。

「どうかお願いいたします」

刀工が頭を下げた。

「東斎に良き知らせができますように」

志津が両手を合わせた。

「われらに、お任せあれ」

剣豪与力のまなざしがいっそう強くなった。

三

芳野家を辞した剣豪与力と鬼長官は、二ツ木伝三郎とともにさっそく聞き込みに回った。

似面もある。ここからいかに網を張って、まだ名の分からぬ敵を追いつめていくか、勝負はこれからだ。

芳野東斎が通っていた見世《みせ》は分かった。

「えっ、あの先生が……」

見世のあるじは知らせを聞いて絶句した。

「敵討ちに乗り出したところだ。何か思い当たることがあれば伝えてくれ」

剣豪与力が言った。

「いつも銚釐《ちろり》を一本、それに、煮魚を……」

あるじはそう言って目をしばたたかせた。

「それがしも、ここにはいくたびか」

師範代が言った。

「お弟子さんの一人一人を思いやる先生でした」

煮魚の仕込みの手を動かしながら、あるじは言った。

「まことに」

二ツ木伝三郎がうなずく。

「最後に先生が見えたとき、見世に不審な者はいなかったか」

剣豪与力が問うた。

「いや、あのときはおいらと先生だけで」

あるじはただちに答えた。

「そのあとに、初顔の客は来なかったか」

今度は鬼長官がたずねた。

「いや」

あるじは一つ首を横に振ってから続けた。

「あのあとは、なじみの大工衆だけでしたよ。初顔の客なんて、しばらく来てませんや」

「そうか」

長谷川平次はうなずいた。

この見世では、さしたる収穫はなかった。

三人は次へ廻った。

四

「こういうやつに見覚えはないか」

楓川の河岸で働く男たちに、剣豪与力が似面を見せた。

「こりゃ、お武家さんで？」

「こんな髷《まげ》の町人はいねえだろう」

「河岸で荷下ろしをやってたらびっくりだ」

似面を見た男たちが口々に言った。

「たしかに、そうだな」

剣豪与力は苦笑いを浮かべた。

「このお武家さんが何をやったんです？」

一人の男が似面を指さして問うた。

「辻斬りだ。わが師が殺められた」

月崎与力が答えた。

「門人一同、敵討ちに乗り出したところでな」

鬼長官が告げる。

「そりゃあ、愁傷《しゅうしょう》なこって」

「ひでえことをしやがる」

「敵が討てればいいっすね」

気のいい男たちが答えた。

「あっ、そうだ」

額の広い男が、何かに思い当たったように両手を打ち合わせた。

「何だ」

二ツ木伝三郎が身を乗り出した。

「吉蔵《きちぞう》さんの屋台なら、すぐそこに出るんで、何か知ってるんじゃねえかと」

男が答えた。

「何の屋台だ」

師範代がさらに問うた。

「蕎麦《そば》でさ」

「風鈴《ふうりん》蕎麦にしちゃあ上々で」

「そのへんの蕎麦屋にゃ負けませんぜ」

河岸で働く男たちから声が返ってきた。

「吉蔵の住まいは分かるか」

剣豪与力がたずねた。

「おいら、長屋の場所を知ってまさ」

ねじり鉢巻きの男が勇んで手を挙げた。

「そうか。案内できるか」

月崎与力が勢いこんで言った。

「ご案内しな」

かしらとおぼしい男が身ぶりをまじえた。

「へい、合点で」

いい声が返ってきた。

五

だしの香りが漂っている。

吉蔵の長屋では、仕込みの真っ最中だった。どこにいるかすぐ分かる。

「御免」

月崎与力がひと声かけて中へ入った。

「蕎麦屋の吉蔵だな」

念のために名をたしかめる。

「へい、さようですが」

風鈴蕎麦の屋台のあるじが答えた。

「昨日の晩、まだ日が落ちてまもないころ、辻斬りが起きた。場所はおまえの屋台の近くだ」

剣豪与力がそう告げると、吉蔵は何かに思い当たったような顔つきになった。

「おいら、声を聞きましたぜ」

風鈴蕎麦のあるじが伝えた。

「どんな声だ」

月崎与力が勢いこんで問うた。

「おっかなくて近づけなくて、相済まねえこって」

吉蔵は答えた。

「謝るのはいいから、勘どころを伝えよ。どんな声を聞いたのだ」

鬼長官が厳しい顔つきで訊《き》いた。

「へい。『殿!』っていう声でした。その前にも何か言ってたみてえだけど、聞き取れたのはそれだけで」

屋台のあるじが答えた。

「殿、か」

剣豪与力が腕組みをした。

「どこぞの殿様でしょうか」

二ツ木伝三郎が言った。

「旗本でもそう呼ばれることはある。まさかお忍びの大名ではあるまい」

長谷川平次が慎重に言った。

「いずれにせよ、手がかりにはなる。ほかには何か聞いたか」

剣豪与力が問うた。

「いや、それだけで」

吉蔵は首を横に振った。

風鈴蕎麦の屋台のあるじへの聞き込みはそれで終わった。

ほかにも声を聞いた者がいるかもしれない。一同は芳野東斎が殺められた場所へ引き返していった。

六

「あっ、旦那《だんな》」

「聞き込みですかい？」

途中で声がかかった。

閂《かんぬき》の大五郎と猫又の小六だ。

急ぎ足で近づいてくる。

「おう。手がかりが一つ見つかったぞ」

剣豪与力が告げた。

「さすがの早業で。どんな手がかりですかい？」

十手《じって》持ちが訊いた。

月崎与力は手際よく伝えた。大五郎と小六はただちに呑みこんだ。

「お忍びの大名か旗本か、いずれにせよ、手下から『殿』と呼ばれる者が咎人《とがにん》のようだな」

陽月流の遣い手が言った。

「なるほど」

大五郎がうなずく。

「そりゃ、倒し甲斐《がい》のある敵で」

小六が言う。

「われらは武家地にも踏みこめるゆえ」

鬼長官が腕を撫《ぶ》した。

「東斎先生の敵を討たねば」

自彊館の師範代の声に力がこもった。

「そちらはどうだ。何か手がかりはつかめたか」

鬼与力が問うた。

「似面を見せて廻ったんですがねえ」

大五郎があいまいな顔つきで答えた。

「心当たりはねえみたいで」

小六も言う。

「では、向後《こうご》の相談をわが役宅でいかがでしょう」

長谷川長官が水を向けた。

「そうだな。おまえらも来い」

月崎与力が言った。

「承知で。顔つなぎもしておかねえと」

大五郎が答えた。

「それがしもお供します」

二ツ木伝三郎が手を挙げた。

「ところで、旦那が背負ってるのは何です？」

小六が指さした。

「亡くなった東斎先生の息子さんが刀工でな。古稀の祝いに贈るはずだった刀を託された。この刀で敵討ちをとな」

剣豪与力が答えた。

「なるほど。そりゃ、力が入りますな」

と、小六。

「形見みてえなもんだ」

大五郎も感じ入った表情で言った。

「わが配下の者たちにも見せてやらねば」

鬼長官が言った。

「よし、なら役宅へ行こう」

剣豪与力が両手を小気味よく打ち合わせた。

七

鬼長官の住まい、すなわち、火盗改方の役宅は南八丁堀二丁目にあった。

隣の八丁堀には町方の役人が大勢住んでいる。むろん、月崎陽之進の住まいもある。火盗改方と町方の関係は、長官の代替わりによってより緊密になった。

「こりゃ、見ただけで洗いざらい悪事を吐きますな」

大五郎がずらりと並んでいる捕具《ほぐ》を指さした。

刺股《さすまた》、突棒《つくぼう》、袖搦《そでがらみ》の三つ道具など、見ただけで震えが走りそうなものが並んでいる。

「提灯《ちょうちん》の字も怖《こえ》えや」

小六も言った。

いざというときに用いる高張提灯には「火盗」と怖らしい字で記されている。

「あれは抱かせる石か」

月崎与力が問うた。

「そのとおりで。ひざの上に置けば、たいていの咎人は痛みに耐えきれずに吐きます」

鬼長官が表情を変えずに答えた。

「見ただけで白状しそうです」

二ツ木伝三郎が言った。

役宅には牢《ろう》もしつらえられていた。責め問いに用いる道具もとりどりにそろっている。咎人を後ろ手で縛り、ひざの上に大きな石を載せれば、気の弱い者はそれだけで洗いざらい吐く。もし我慢でもすれば、地獄の苦しみが待っている。

「泣く子も黙る火盗改らしい構えですな」

あたりを見回して大五郎親分が言った。

「家族は裏門から入るのか」

剣豪与力が問うた。

「ええ。そのあたりは棲《す》み分けで」

鬼長官が答えた。

「稽古《けいこ》もやってますな」

小六が指さした。

役宅の庭で、捕り方が稽古を行っていた。

「おお」

月崎与力が思わず声をあげた。

突棒を突き出された者が、軽やかにうしろへとんぼを切ったのだ。

「おいらにゃできねえや」

大五郎が苦笑いを浮かべた。

「おいらでも、ありゃあちょっと」

　小六も言う。

「なんと身が軽い」

　二ツ木伝三郎が目を瞠《みは》った。

「えいっ」

　さらに突棒が動く。

「ぬんっ」

　身の軽い男がさらにとんぼを切り、手刀を構えた。

「それまで」

　鬼長官が手を挙げた。

　稽古が終わった。

「源之亟《げんのじょう》、左門《さもん》、こちらへ来い。紹介する」

　鬼長官が手招きをした。

「はっ」

　稽古を終えた二人の男が近づいてきた。

八

「与力の時政《ときまさ》源之亟です。それがしの後任で」

鬼長官がまず大柄な男を紹介した。

背筋が伸びた堂々たる体格で、押し出しもいい。

「時政源之亟と申します。どうかよろしゅうに」

火盗改方の与力が一礼した。

「新たなる鬼与力だな」

剣豪与力が笑みを浮かべた。

「はっ」

時政与力は表情を変えずに答えた。

「いま一人は、元隠密で、ひそかに火盗改方に加わった者です」

長谷川長官が小柄なほうを手で示した。

小六と似た雰囲気で、見るからに敏捷《びんしょう》そうだ。

「中堂《なかどう》左門と申す」

元隠密がやや硬い顔つきで頭を下げた。

「町方の与力、月崎陽之進だ。平次、いや、長谷川長官とは稽古仲間で、このたび賊《ぞく》に襲われて落命された芳野東斎先生の道場に通っていた」

剣豪与力が言った。

「その道場、自彊館の師範代、二ツ木伝三郎と申す」

師範代は折り目正しい礼をした。

「この者らはおれの同心のときの手下だ。影御用のときは、引き続き働いてもらう手筈《てはず》になっている」

月崎与力が身ぶりで示した。

「門の大五郎で」

十手持ちが力こぶをつくった。

「おいらは猫又の小六。忍び仕事もやりまさ」

下っ引きが元隠密に言った。

「心得があるのか」

中堂左門が驚いたように問うた。

「へい。ただ、うしろへとんぼを切るのはあんなにうまくできませんや。どうにかできるくらいで」

小六が言った。

「できるのなら大したものだ」

鬼長官がいくらか目を細くした。

「なら、やってみな」

大五郎親分が水を向けた。

「あとで手本を見せてもらえ」

月崎与力が言った。

「へい、なら」

小六は息を調《とと》えてからうしろにとんぼを切った。

着地でよろめいたが、どうにか回った。

「では、それがしが」

左門が続いた。

「ほう」

剣豪与力が声をもらした。

充分な高さがあり、着地もぴたりと決まった。見事な身のこなしだ。

「凄《すげ》えや」

小六が左の手のひらに右の拳を一つ打ちつけた。

「銭を取れますぜ」

と、大五郎。

そんな調子で打ち解けたところで、やおら本題に入った。

むろん、亡き師の敵討ちだ。

いまのところ手がかりは「殿」という謎の声と似面だけだが、網を絞り、敵を探し出して討たねばならない。

「これは亡き師、芳野東斎先生のご子息が鍛錬された刀だ。先生の形見と思い、この刀で敵を討ちたきもの」

剣豪与力が刀を見せた。

「見事なひと振りです」

火盗改方の時政与力が感心の面持ちで言った。

「力になれれば」

元隠密の声に力がこもった。

「頼むぞ」

鬼長官が言う。

「はい。さっそく調べにかかりましょう」

中堂左門が引き締まった表情で答えた。

「おまえも一緒に動け」

剣豪与力が小六に言った。

「承知で」

忍びの心得のある男が小気味よく答えた。

第三章　辻《つじ》斬《ぎ》り

一

大五郎と小六に、元隠密の中堂左門も加わり、似面《にづら》を手にした聞き込みが続いた。

小六は似面の心得もあるから、描き増しをし、なるたけ多くの者に見せることにした。

芳野東斎が難に遭《あ》った坂本町の界隈《かいわい》ばかりでなく、いくらか離れてはいるが人通りの多い繁華な場所にも足を延ばした。

「辻斬りの咎人《とがにん》でえ」

小六が似面を見せる。

「心当たりがあったら番所に知らせてくれ」

大五郎親分が言う。

「どんなささいなことでもよいぞ」

左門が厳しい顔つきで言った。

元隠密のこの男、芝居で渋い脇役がつとまりそうな面構《つらがま》えだが、めったなことでは笑わない。

「辻斬りの咎人でえ。見覚えはねえか」

小六は粘り強く似面を見せた。

と、そのうち……。

同じ半纏《はんてん》をまとった大工とおぼしい二人組が足を止めた。

「おっ、ひょっとして、この武家……」

年かさのほうが似面を指さした。

「心当たりがあるのか」

大五郎親分が勢いこんで問うた。

「へい。こいつと一緒にここいらを歩いてるときに……」

「あっ、あのときの」

若いほうが両手を打ち合わせた。

「何があった」

小六がたずねた。

左門は腕組みをしてじっと成り行きを見守っている。

「へい、ぶつかりそうになったやつに腹を立てて、いきなり『無礼者！』と」

年かさの大工が妙な身ぶりをした。

「刀を抜きやがったのか」

と、大五郎。

「そのまま無礼討ちにしたのか」

左門が問うた。

「あわや斬られるとこだったんですがね」

「供の武家が『殿！』と大声を出して必死に止めたんでさ」

大工たちが答えた。

その言葉を聞いて、小六と左門が目と目を見合わせた。

二

「またしても、『殿』か」

剣豪与力が腕組みをした。

南町奉行所の書院の一つだ。与力に昇格してからは、隠密廻り同心のころより奉行所にいることが多い。

「そのとおりで。おんなじ咎人の仕業かもしれませんや」

大五郎親分が言った。

「そうだな。腕に覚えがあって気が短い、『殿』と呼ばれる身分の人物が咎人だ」

月崎与力はそう言って腕組みを解いた。

「さっそく小六と左門さまがしらみつぶしに聞き込みを」

閂《かんぬき》の大五郎が言った。

「どちらも小回りが利くからな」

剣豪与力は渋く笑った。

「おいらにゃ荷が重いっすが」

相撲取りのときは怪力で恐れられた男が苦笑いを浮かべた。

「人には向き不向きというものがある。立ち回りになったら気張ってくれ」

と、与力。

「へい、出番を待ってまさ」

大五郎親分は太い二の腕を軽くたたいた。

「おれも出番が待ち遠しい。何より、先生の敵《かたき》をどうあっても討たねばな」

剣豪与力の表情が引き締まった。

「そりゃ、道場に関わるみなの願いでしょう」

と、大五郎。

「多くの門人たちから慕《した》われていたからな、東斎先生は」

月崎与力がしみじみと言った。

「惜しい方を亡くしたもんで」

大五郎親分が和す。

「ゆうべも夢に先生が現れた」

剣豪与力はそう明かした。

「何か言ってましたかい」

十手《じって》持ちが問う。

「いや」

月崎与力は首を一つ横に振ってから続けた。

「いつもと同じ、先生のお顔だった。夢の中では何もおっしゃらずとも、先生のお言葉はたちどころによみがえってくる。その声音《こわね》も、まるでそこにいらっしゃるかのように響いてくる」

剣豪与力は手つきをまじえた。

「そうですかい」

大五郎親分は感慨深げに言って、湯呑みの茶を啜《すす》った。

「人は死んでもそれで終わりではない。故人と交わりのあった人々の心の中では永遠《とわ》に生きつづける」

月崎陽之進が思いをこめて言った。

「なるほど、深《ふけ》えな」

門の大五郎がうなずいた。

「自彊館《じきょうかん》はしばらく喪《も》に服していたが、東斎先生の追善稽古《ついぜんげいこ》から再開することになった」

剣豪与力が言った。

「もちろん、旦那《だんな》も出られるんで？」

大五郎が問うた。

「平次と稽古をすることになっている。気を入れてやらねばな」

月崎与力は拳を握った。

「空から先生が見守ってくれてまさ」

大五郎親分はそう言って目をしばたたかせた。

三

「とりゃっ！」

ひときわ気合の入った声が響いた。

剣豪与力だ。

「ていっ」

鬼長官が受ける。

自彊館に活気が戻ってきた。剣豪与力と鬼長官の向こうでは、師範代の二ツ木伝三郎が門人とひき肌竹刀《はだしない》を交えている。そちらも熱の入った稽古だ。

今日は亡き道場主、芳野東斎の追善稽古だ。道場の奥に積まれた畳の上には、位牌《いはい》と故人の竹刀が据えられている。

かつては道場主がそこから門人たちの稽古に目を光らせていた。芳野東斎がそこにいるだけで、道場の気がぐっと引き締まったものだ。

いまは花が手向《たむ》けられている。その花の白さが目にしみるかのようだった。

「とおっ」

剣豪与力が踏みこんだ。

「ぬんっ」

鬼長官が正しく受ける。

相手の息遣《いきづか》いが聞こえた。

阿吽《あうん》の呼吸で体《たい》が離れる。

稽古で相対している長谷川平次の姿に、いまは亡き師の面影が重なった。

高齢になってからはめったに竹刀を持つことはなくなったが、かつてはよく稽古をつけてもらったものだ。

「動きが硬い。ひざをえませ」

亡き師の声がよみがえってきた。

ひざを「えます」とは柳生新陰流独特の言い回しだ。語源は「笑ます」なのかどうかは不明だが、「余裕を持たせる」という意味だ。

ひざをえましていれば、相手の動きに合わせて俊敏に対応することができる。

「そうだ」

また師の声が聞こえた。

正しい動きをすれば、間髪《かんはつ》を容《い》れずに声を発してほめてくれる。

それが芳野東斎の教え方だった。

必ず敵はこの手で討ち果たしますぞ、先生。

剣豪与力は改めて心に強く誓った。

そしてまた前へ踏みこんでいった。

四

稽古を終えた剣豪与力と鬼長官は、江戸屋へ向かった。

今日は飯屋ではない。駕籠屋《かごや》のほうだ。

「おう、もう来ていたのか」

剣豪与力が右手を挙げた。

「へい、大事な寄り合いなんで」

猫又の小六が答えた。

もう一人いる。中堂左門だ。相変わらず、にこりともしない。

「なら、上がってくださいや」

駕籠屋のあるじの甚太郎が身ぶりをまじえた。

「おう。さっそく網を絞ろう、平次」

月崎与力が座敷に上がった。

「はい」

長谷川長官が続く。

座敷には江戸の町の切絵図が広げられていた。

大名屋敷や商家の名までできるだけ詳細に記されている大きな切絵図だ。江戸でいちばん値の張る切絵図かもしれない。

切絵図の上には、山吹色《やまぶきいろ》の双六《すごろく》の駒《こま》のようなものがいくつも置かれていた。

あるじの甚太郎はなかなかの知恵者《ちえしゃ》だ。どの駕籠がいまどこへ向かっているか、どのあたりを流しているか、おおよその動きが分かれば次の手配に役立つ。

「おまえも入れ」

甚太郎が跡取り息子の松太郎《まったろう》に声をかけた。

「おいらが入ってもいいんですかい？」

松太郎が月崎与力の顔を見た。

「いいぞ。駕籠かきの力も借りてえとこだ」

剣豪与力がすぐさま答えた。

「へい、なら」

松太郎も座敷に上がった。

山吹色の鉢巻きを締めている。江戸屋ののれんも鉢巻きも、駕籠に巻かれた紐《ひも》もすべて山吹色だ。遠くからでも分かるから、いい引札《ひきふだ》（宣伝）になる。そのあたりも甚太郎の知恵だった。

「どうぞ」

おかみのおふさが盆に茶の入った湯呑みを載せて運んできた。

これで支度が調《ととの》った。

「さっそくだが、聞き込みの成果は？」

月崎与力が訊《き》いた。

「その前に、まず駒を一つ」

鬼長官が山吹色の駒をつまみ、ある場所に置いた。

芳野東斎が難に遭ったところだ。

「では、あわや無礼討ちが起きるところだった場所にも」

今度は剣豪与力が駒を置いた。

繁華な両国橋《りょうごくばし》の西詰だ。

「おいら、地獄耳で聞きつけてきましたぜ。『殿』と呼ばれるお忍びの武家は、こいらでも無礼討ちをやりかけてたんで」

小六がそう言って駒を置いた。

上野広小路《うえのひろこうじ》だ。

これも江戸では指折りの繁華な場所だ。

「そちらはどうだ」

鬼長官が左門に問うた。

「『殿』と呼ばれる道場破りが二件」

元隠密は表情を変えずに駒を動かした。

「道場破りか」

剣豪与力は眉間《みけん》に少ししわを寄せた。

「おそらくは同じ人物かと」

左門は答えた。

「駒がだいぶ増えてきましたな」

甚太郎が切絵図のほうを手で示した。

「おおよそこの内側に入る大名屋敷や大身《たいしん》の旗本の屋敷を書きだしていけばいい」

月崎与力が言った。

「おいらがやりまさ」

小六が矢立を取り出した。

「しがない旗本を除けば、おのずと絞られてくるでしょう」

鬼長官が言った。

「そうだな。『殿』と呼ばれる旗本なら、大身にかぎられる」

剣豪与力がうなずいた。

「ここも上屋敷ですな」

甚太郎が指さした。

「そうだな。書いておけ」

月崎与力が小六に言った。

「承知で」

筆が小気味よく動く。

やがて、いくつかの名が書き止められた。

「そのあたりを駕籠で流しましょう」

松太郎が乗り気で言った。

「おう、頼む」

月崎与力がすぐさま答えた。

「呼子《よびこ》も忘れずに持っていけ」

父の甚太郎が言った。

「合点で」

跡取り息子の声に力がこもった。

「わが方も、火消しとも力を合わせて夜廻りの強化にいっそうつとめましょう」

鬼長官が引き締まった表情で告げた。

「それがしは、さらに聞き込みを」

左門が言った。

「これなら、そのうち網に掛かるはずだ」

剣豪与力が左の手のひらに右の拳を打ちつけた。

五

はあん、ほう……

はあん、ほう……

先棒と後棒が息を合わせて進む。

先棒は松太郎、後棒は泰平《たいへい》だ。

江戸屋の駕籠かきは常に同じ組み合わせになることはないが、この二人が組むことはしばしばあった。

「銀座《ぎんざ》のほうへ廻るか」

松太郎が言った。

「そうだな。大名や旗本の屋敷もあるし」

泰平が答える。

江戸橋《えどばし》を渡ったところだ。今日はここまでだいぶ客を運んだ。あきないにはもう充分だ。あとは夜廻りに専念できる。

はあん、ほう……

はあん、ほう……

駕籠が進む。

短い橋を渡るたびに、提灯《ちょうちん》がゆっくりと揺れる。

もう闇は深い。遠くでかすかに半鐘《はんしょう》が鳴っている。

「川向こうだな」

松太郎が少し眉根を寄せた。

「深川《ふかがわ》かな」

泰平が答える。

こちらのほうは、火事の気配などはなかった。夜の通りを、江戸屋の駕籠が淡々と進んでいく。

照降町《てれふれちょう》から葭町《よしちょう》、さらに住吉町《すみよしちょう》へと進む。

人通りはさほどない。湯屋の帰りとおぼしい者とたまさかすれ違うばかりだ。

「浜町《はまちょう》から横山町《よこやまちょう》のほうへ行くか」

松太郎が訊いた。

馬喰町《ばくろちょう》から横山町にかけては旅籠《はたご》が多く並んでいる。駕籠屋にとってはなじみの場所だ。

「そうだな。その先で曲がろう」

泰平が答えた。

駕籠の向きが変わった。

入堀《いりほり》に沿って進む。

そのとき……。

声が聞こえた。

悲鳴だ。

堀の向こうの武家地のほうから響いてきた。

「おい、いまのは」

泰平の声音が変わった。

「急げ」

松太郎が切迫した声で言った。

二度目の悲鳴が響いた。

とどめを刺された……。

そんな声だ。

「呼子だ」

泰平が言った。

「おう、止まるぞ」

松太郎が答えた。

高砂橋《たかさごばし》を渡ったところで駕籠を止めると、松太郎はふところから呼子を取り出した。

ほどなく、甲高《かんだか》い音が響きわたった。

それに応じるかのように、いくらか離れたところから声が響いてきた。

「むくろだ」

「斬られてるぞ」

急を告げる声だ。

「急げ」

松太郎が言った。

「おう」

泰平が続く。

空駕籠を担いで声がしたほうへ急ぐと、提灯の灯りが二つ見えた。

斬られたむくろとおぼしいものを検分しているようだ。

「どうしました？」

松太郎が声をかけた。

「辻斬りだ」

「一刀両断でやられてる」

火消しとおぼしい二人の男が答えた。

話を聞くと、仔細《しさい》が分かった。

見廻りをしていたのは、すぐそこに上屋敷がある美濃《みの》白旗藩《しらはたはん》の大名火消しだった。ただならぬ声を聞いて駆けつけると、無残なむくろが残されていたらしい。

「斬られたのはお侍だな」

松太郎が言った。

「刀を抜こうとしたところでやられてる」

泰平が提灯をかざした。

ここで辻番から役人が来た。

通りすがりの駕籠屋の出番はここまでだ。

松太郎と泰平は江戸屋へ戻った。

六

翌日――。
鬼長官の役宅に剣豪与力が顔を見せた。

猫又の小六も一緒だ。

江戸屋から知らせを受け、辻斬りの場とむくろを検分した。

このたびは「殿」という謎の声は響かなかったが、鮮やかな斬り口から察するに、芳野東斎を殺《あや》めた賊《ぞく》と同じではないかと目された。

「なるほど、大名火消しが」

おおよその話を聞いた長谷川平次長官が一つうなずいた。

「初めに見つけたのが火消しだったわけですね」

時政源之亟与力が呑みこんだ顔つきで言った。

「斬られたのは、近くに住む旗本らしい。恨みを買うような人物ではなかったようだ」

月崎与力が伝えた。

「いずれにせよ、これで網が絞られてきたようですな」

鬼長官がわずかに身ぶりをまじえた。

「われらの出番だ」

中堂左門が小六のほうを見た。

「承知で」

小六がいい声で答えた。

「では、さっそく今夜からにしますか」

鬼長官が剣豪与力に問うた。

「そうだな。善は急げだ」

月崎与力は渋く笑った。

「なら、夜までに支度を調えてきまさ」

小六が両手を軽く打ち合わせた。

「それがしも兵糧丸《ひょうろうがん》などをつくっておきましょう」

左門が表情を変えずに言う。

「忍び仕事は大変だが、頼むぞ」

鬼長官が言った。

「お任せあれ」

元隠密が引き締まった表情で答えた。

「動かぬ証《あかし》をつかんでくれ」

剣豪与力が拳を握った。

「われらの出番はそのあとに」

時政源之亟が言う。

「しくじらねえようにしねえと」

小六がおのれに言い聞かせた。

「忍び仕事は、焦《あせ》らず、根気よく」

左門が言った。

「合点で」

小六がまたいい声を発した。

「では、われらは朗報待ちだ」

剣豪与力が鬼長官のほうを見た。

「さようですな。朗報を待ちましょう」

役宅のあるじが答えた。

第四章　闇の奥へ

一

夜鳥が鳴いている。
地獄の底から響いてくるような不気味な鳴き声だ。
闇は深い。
わずかに月あかりがある。
影が一瞬だけよぎる。
二つの影が塀に沿って走る。
小六と左門だ。
ともに黒装束に身を包んでいる。これから忍び仕事だ。
左門が先に足を止めた。

小六も止まる。

阿吽《あうん》の呼吸だ。

元隠密は背負っていた忍び刀を素早く下ろした。

塀には忍び返しがしつらえられているが、なかには死角になる場所もある。

そこを狙う。

左門は忍び刀の鐺《こじり》を地面に突き刺した。

忍び仕事に使えるように、鞘《さや》の先がとがっている。忍びの知恵がぐっと詰まった刀だ。

鍔《つば》は広い。そこに足をかけることができる。

下緒《さげお》を口にくわえると、左門は塀を器用によじ登った。まるで猿《ましら》のごとき動きだ。

小六が続く。

二人はたちまち塀の上にいたった。

左門が下緒を強く引き、忍び刀を回収する。足場に使った刀をその場に残すわけにはいかない。

「行くぞ」

左門が小声で言った。

「へい」

小六が答える。

まず左門がふわりと飛んだ。

音をほとんど立てず、過《あやま》たず下り立つ。

小六も続いた。

二人の黒装束の者は、塀の内側に下り立った。

そこは、さる大名の上屋敷の庭だった。

二

走る、走る、小六が走る。

走る、走る、左門も走る。

庭から廊下へ、さっと駆け上がる。

「待て」

左門が身ぶりで示した。

元隠密はいち早く察知した。

見廻りが来る。

果たして、向こうから提灯《ちょうちん》の灯りが近づいてきた。

左門は再び庭に下りた。小六も続く。

身を屈《かが》め、黒装束の袖《そで》で顔を覆《おお》う。そのまま息を殺し、気配を消す。鶉隠《うずらがく》れだ。

立木のうしろに突っ立って敵をやり過ごす観音隠れなどもそうだが、単純な術でも存外に力を発揮する。容易に見つかることはない。忍びの知恵だ。

このたびもうまくいった。見廻りは遠ざかっていった。

左門と小六は再び廊下に上がった。

急がねばならない。またべつの見廻りが来るかもしれない。

左門が足を止め、上を指さした。

ここから忍びこむぞという合図だ。

元隠密は大名屋敷などにいくたびも忍びこんできた。場数を踏んでいるから、どこから忍びこむべきか、たちどころに察しをつけることができる。

柱を巧みに登ると、左門は小ぶりの円い鋸《のこぎり》を取り出し、素早く天井の羽目板を切った。
外す。
左門が先に身を隠した。
ふところから縄を取り出して垂らす。次は小六の番だ。
また提灯の灯りが見えた。見廻りが戻ってきたのだ。
小六は縄をつかむと、懸命によじ登った。
左門が手を伸ばす。
間一髪だった。
見廻りより一瞬早く、小六の姿は天井裏に消えた。

三

天井裏の闇は深かった。
先導役は左門だ。元隠密は小六より一日《いちじつ》の長がある。
一歩ずつ、足音を立てないように慎重に進む。
おのれの手の甲に身を乗せながら進めば、足音はまったく響かない。

深草兎歩《しんそうとほ》だ。

忍びに伝わるこの技を、小六も会得していた。

一歩、また一歩。

前の左門の気配を見失わないように進んでいく。

小六はぐっと気を集めた。

左門は全きまでにおのれの気配を消しながら進んでいる。そのせいで、闇の中に忽然《こつぜん》と消えてしまったかのように感じられることもあった。

足もとを鼠《ねずみ》が走った。

深草兎歩の途中だった小六は思わずうろたえた。

心の臓がきやりと鳴る。

左門とのあいだがいくらか離れた。

二人のあいだには、まるで千仞《せんじん》の谷が横たわっているかのようだった。

小六は再び気を集めた。

やがて、ごくかすかに、前を行く左門の気配が伝わってきた。

ほっとした刹那《せつな》、べつの気配がした。

声だ。

下から響いてくる。
さらに一歩、小六は前へ進んだ。
闇が動いた。
左門が振り向いたのだ。
小六はぎょっとした。
手の甲に妙な感触が走った。
左門の指だ。
動く。
字を書いて伝える。

マテ

そう読み取ることができた。
小六は手を伸ばし、左門の太腿とおぼしきところを軽くたたいた。
分かった、と伝えた。
闇の中で一つうなずくと、左門は身をかがめ、天井の節穴に目を近づけていった。

行灯《あんどん》に火が入っている。

ほどなく、酒盛りをしている男たちの姿が見えた。

四

「毎日、いささか暇じゃのう。しばらく御前試合もなさそうだ」

野太い声が響いた。

「殿は狩りに出ているゆえ、楽しみもあろうが」

べつのやや甲高《かんだか》い声が応じた。

「狩りか。お付きの蔵本《くらもと》様から聞いたが、そのうちまたやるかもしれぬ」

座っていても偉丈夫《いじょうふ》だと分かる男がそう言って茶碗酒をあおった。

「殿は狂犬のごときお方ゆえ」

「腕は立つのだがのう」

「気が短いにもほどがある」

男たちが口々に言った。

酒が進むにつれ、だんだん声が高くなってきた。その声は小六の耳にも届いた。

「殿は在府大名だが、去年、初めて国元に帰ったときは、民を好きなように斬《き》ったらしい」

一人があきれたように言った。

「その味が忘れられず、江戸でも辻斬りをやっているのだから、難儀なお人だ」

仲間が和す。

「年貢も苛斂誅求《かれんちゅうきゅう》だそうだからな。民は難儀なことだ」

「まあ、そのおかげでわれらが雇われているのだからな。感謝せねば」

偉丈夫がそう言って、また酒をあおった。

「ただし、真剣勝負の斬り合いをせよと言いだしかねぬからな、殿は」

「そのときは、そのときよ」

「わしは負けぬからな」

「おれも生き残るぞ」

そんな調子で酒盛りは続いた。

小六も聞き耳を立てていた。酒が回ってだんだん声が高くなってきたから、忍びの心得のある者の耳にも届いた。

「辻斬りなら、わしもやってもよいが」

「それは殿の楽しみゆえ」

「美濃白旗藩がこぞって辻斬りをやったら、さすがにまずかろう」

用心棒のかしら格の偉丈夫が言った。

ここは美濃白旗藩の上屋敷だ。

江戸屋の駕籠かきたちが辻斬りの場に遭遇した。あのとき、斬られたむくろを検分していたのが美濃白旗藩の大名火消しだった。

「辻斬りだ」

「一刀両断でやられてる」

火消したちは、たまたま見廻りの最中にむくろを見つけたという芝居をしていたのだった。

咎人《とがにん》は、ほかならぬ美濃白旗藩主だった。

五

美濃白旗藩主、東條伊豆守意行《とうじょういずのかみおきつら》は在府大名だ。

一万石の小藩ながら家柄は良く、参勤交代は免除されている。ずっと江戸住みを許されている大名だ。

剣の腕には覚えがあり、生涯不敗を誇っている。三十路《みそじ》の半ばに差しかかったこれまで、稽古《けいこ》でも負けたことがない。

真剣ばかりでなく、木刀を握っても人が変わる。

道場破りに赴《おもむ》き、問答無用で相手をたたきのめしたことが一再ならずあった。

真《まこと》の剣士なら、強くなればなるほどおのれに厳しくなる。

しかし、東條伊豆守は違った。

勝てば勝つほどに増上慢《ぞうじょうまん》に陥っていった。

人を人とも思わぬようになった。

江戸には道場があまたあるが、そろいもそろって屑《くず》ばかりだ。

おれよりはるかに劣る者が道場主になって、腰折れ剣士をむやみに育てている。

下衆《げす》めが。

腕に覚えのある大名は怒りを募《つの》らせた。

その怒りは、やがてかぎりなく狂気へと近づいていった。


殺せ、殺せ。

屑どもは殺してしまえ。

さすれば、強き者だけが残る。

美しき弥勒《みろく》の世が到来する。


東條伊豆守はそんなゆがんだ考えを抱くようになった。

弥勒菩薩《ぼさつ》に対する信仰心にはゆるぎなきものがあった。

だが……。

そこに至る道筋は全きまでに誤っていた。

劣った者を殺《あや》めていき、根絶やしにしてしまえば、強き者だけが残る。

美しき弥勒の世が到来する。

そのような誤った考えが東條伊豆守の頭の中に根を下ろし、抜きがたく定まってしまった。

だれも止める者はなかった。

家中にも心あるものはいたが、諫止《かんし》を試みた家老は逆上した藩主に斬られて死んだ。

それ以来、みな藩主を恐れ、だれも意見をしなくなってしまった。

かくして、虎は野に放たれた。

美濃白旗藩主は、さらに野放図《のほうず》にふるまうようになった。

初めて領地へ赴いたときは、供の者ですら吐き気を催《もよお》すような所業を繰り返した。

手当たり次第に領民を斬って捨てるのだ。

弱き者は斬れ。

強き者だけ生き延びよ。

さすれば、弥勒の世が到来する。

狂気の剣がいくたびも閃《ひらめ》いた。

まるで狩りをしているかのようだった。

狩られるのは、猪《いのしし》や鹿《しか》のたぐいではなかった。

あろうことか、徳をもって治めるべき領民たちだった。
江戸へ戻ってからも、お忍びの凶行は続いた。
その一つが、悲しむべきことに、自彊館《じきょうかん》の道場破りだった。

六

左門が動いた。
闇の中で振り向き、小六の手の甲に文字を記す。

ユク

それで通じた。
用心棒どもは酒盛りを続けている。
下卑《げび》た笑い声が響いてきた。ここにいても仕方がない。
またしても深草兎歩で、左門と小六は慎重に進んだ。
上屋敷の奥へ、さらに深い闇の中へと進んでいく。

天井板はところどころもろくなっていた。
軋《きし》み音《ね》がする。
闇の中では、ことに高く響く。
そのたびに心の臓が鳴った。
鼠も出た。
小六の顔を撫《な》でて通り過ぎていったときは、思わず声が出た。
左門は何も言わなかったが、気は伝わってきた。
気をつけろ。
元隠密はそう気を発していた。
小六は気を引き締めて進んだ。
いくたびか梁《はり》を越え、奥へ奥へと進む。
やがて、かすかに声が響いてきた。
下にだれかいる。
小六が灯りに気づいた。
天井裏の節穴の在《あ》り処《か》が分かった。
前を行く左門も止まった。

期せずして手が触れる。

イケ

左門の指がそう動いた。
今度はおまえに任せるというわけだ。
小六は左門の太腿のあたりをとんとんと二度たたいた。
分かった、と伝えた。
そして、節穴に目を近づけていった。

七

笑い声が聞こえる。
どうやら下では酒盛りが始まっているようだ。
小六は瞬《まばた》きをした。
少しずつ視野が定まってくる。

「国元と違って、江戸は窮屈でかなわぬ。見廻りがほうぼうから来るからな」

いくらか甲高い耳障《みみざわ》りな声が響いた。

美濃白旗藩主、東條伊豆守意行だ。

「御意《ぎょい》」

渋い声で答えて酒をついだのは、城代家老の鶴ヶ峰主税《つるがみねちから》だった。

髷《まげ》はもうかなり白くなっている。伊豆守の先代から東條家に仕えている古株だ。

「むやみに斬るなと言われておるからな。致し方ない」

東條伊豆守はそう言って、湯呑みの酒をくいと呑み干した。

「相済みません。さりながら、殿の正体が明るみに出ますれば、わが藩の存亡にかかわりますゆえ」

城代家老がよどみなく言った。

「どうかご自重くださいまし」

お付きの武家の蔵本三太夫《さんだゆう》が和した。

役職は目付《めつけ》で、藩主の剣術の稽古相手でもある。

「ふん」

東條伊豆守は鼻を鳴らしてから続けた。

「国元にいたころは、そなたも存分に民を斬ったではないか。あのような楽しき所業をまた行いたきもの」

美濃白旗藩主が平然と言った。

「はっ。いささか後生《ごしょう》の悪い思いをいたしましたが」

蔵本三太夫は包み隠さず答えた。

「小心者め」

藩主は鼻で嗤《わら》った。

「弥勒の世を現出せしめるため、弱き者、無駄な者を斬って斬って斬りまくるのだ。これは聖なるいくさぞ。さよう心得よ」

東條伊豆守の声が高くなった。

「ははっ」

蔵本三太夫は平伏した。

藩主に刃向かうことは、ただちに死を意味する。

「さりながら、江戸ではご自重を」

城代家老の鶴ヶ峰主税が手綱《たづな》を締めた。

「分かっておる」

藩主は不満げに答えた。

「用心棒どもは出番がなく所在なさげでございます。また御前試合などはいかがでしょう」

家老が水を向けた。

「そうだな。おれも出るか」

東條伊豆守は乗り気で言った。

「用心棒なら、斬っても大丈夫ですので」

鶴ヶ峰主税が笑みを浮かべた。

「ならば、日取りを決めよう」

藩主はすぐさま言った。

八

小六の肩に左門の指が触れた。

カワレ

そう伝える。

小六は音を立てないように体勢を変え、元隠密と交代した。

日取りは次の十五日と決まった。

晴れていれば満月だ。

「さきほど、用心棒なら斬っても大丈夫だと申し上げましたが、そのあたりはほどほどに」

城代家老が少し手綱を締めた。

「根絶やしにしてしまったら、また調達するのが手間だからな」

東條伊豆守が答えた。

「日の本じゅうから選りすぐった精鋭ですので」

蔵本三太夫が言う。

「わが藩には鉱山がある。その富を用いれば、腕に覚えのある剣士はいくらでも集まるだろう」

東條伊豆守がそう言って、また酒をあおった。

美濃白旗藩は小藩ながら存外に裕福だ。金に物を言わせて用心棒を集めることなどいともたやすい。

「では、まあ、そのあたりは成り行きで」

鶴ヶ峰主税が嫌な笑みを浮かべた。

天井裏で、左門はゆっくりとうなずいた。

知るべきことは知った。

あとはかしらに伝え、どのような捕り網を張るかだ。

左門は振り向き、小六に指で伝えた。

カヘル

帰る、と告げる。

小六は手のひらで軽くたたき、分かったと告げた。

左門と小六、大名屋敷に忍びこんだ二人は慎重に引き返していった。

そして、屋敷を出て闇にまぎれた。

第五章　出　陣

一

「そうか」

鬼長官が腕組みをした。

昨夜、忍び仕事を終えて遅く戻った中堂左門が、朝に報告を終えたところだ。

時政源之亟与力も控えている。

「今月の十五日の夕方から御前試合が始まります。それがいちばんの好機かと」

左門の言葉に力がこもった。

「一網打尽《いちもうだじん》にするか、夜が更けるまで待つか」

長谷川平次が思案する。

「いずれにしても、大捕り物になりましょう」

時政与力が腕を撫《ぶ》した。

「そうだな。陽之進どのとさっそく相談せねば」

鬼長官は腕組みを解いた。

「町方の与力も大名屋敷への討ち入りに加わるわけですか」

元隠密がやや怪訝《けげん》そうにたずねた。

「陽之進どのは、たしかに町方の与力だ。われら火盗改方は、悪であれば武家地でも寺方でも踏みこんでいけるが、町方が大名屋敷に討ち入ることなど通常はありえない。さりながら……」

鬼長官は一つ咳払《せきばら》いをしてから続けた。

「陽之進どのは二つの顔を持っている。町方の与力が表の顔だとすれば、裏の顔は、悪であれば身分にかかわらずに成敗《せいばい》する剣豪与力だ。このたびは、むろん剣豪与力の顔で臨んでもらう」

「二つの顔を持っておられるのは長官も同じですね」

時政与力が言った。

「そうかもしれぬ」

長谷川平次がにやりと笑った。

「いずれにせよ、大きな山になりそうです」

左門が表情を変えずに言った。

「おう。気を入れて臨まねばな」

鬼長官が引き締まった顔つきで言った。

二

「とりゃっ！」

剣豪与力が木刀を振り下ろした。

「せいっ」

鬼長官も続く。

南町奉行所の庭で型稽古《かたげいこ》の真っ最中だった。

すでに鬼長官から知らせを聞いた。決戦は十五日だ。

身を動かしていると頭も回る。

剣豪与力と鬼長官は型稽古をしてから協議に入ることにした。

「おっ、やってますな」

庭に姿を現した偉丈夫《いじょうふ》が笑みを浮かべた。

閂《かんぬき》の大五郎だ。

「次は討ち入りなんで」

猫又の小六もいる。

「ていっ」

また剣豪与力が木刀を振るう。

裂帛《れっぱく》の気合だ。

「とりゃっ」

負けじと鬼長官が続く。

型稽古とはいえ、火の出るような稽古がひとしきり続いた。

先に剣豪与力が木刀を納めた。

ひと呼吸遅れて鬼長官が納める。

見守っていた大五郎親分がふっと一つ息をついた。

「ちょうど出前が来ましたぜ」

小六が指さした。

はあん、ほう……

はあん、ほう……


先棒と後棒が息を合わせて駕籠《かご》を運んできた。

江戸屋の出前駕籠だ。

為吉《ためきち》とおすみの夫婦《めおと》駕籠だったのだが、おすみはお産を控えている。代わりに古参の巳之吉《みのきち》が後棒をつとめていた。もうだいぶ歳だから、若い者と代わることもある。

「ならば、食いながら相談するか」

月崎与力がそう言って、額の汗を拭《ぬぐ》った。

「そういたしましょう」

長谷川長官がさわやかな笑みを浮かべた。

三

出前の顔は鰹《かつお》の手捏《てご》ね寿司だった。

づけにした鰹の身を酢飯の上に載せ、海苔《のり》と炒《い》り胡麻《ごま》を散らす。これがまた、笑いだしたくなるほどうまい。足の早い夏場だが、できたてをすぐ江戸屋から出前駕籠で運べば大丈夫だ。

「相変わらずのうまさだな」

剣豪与力が笑みを浮かべた。

「量もたっぷりで」

鬼長官が和す。

「夏場は冷たい麦湯がいいや」

小六が言った。

出前は多めに八人分取ったから、大五郎と小六も腹ごしらえをしている。

「冬場は具だくさんのけんちん汁か味噌汁がいいが」

月崎与力がそう言って、また箸《はし》を動かした。

あたたかい汁は冷めないように温石《おんじゃく》を入れて運ぶ。しかし、夏場は冷たい麦湯がいちばんだ。

みなの箸が小気味よく動き、出前の膳が平らげられた。

ここからは討ち入りの相談だ。

「次の十五日、美濃白旗藩の上屋敷で御前試合が行われ、屋敷の用心棒たちが戦う。藩主の東條伊豆守も加わるようだ」

剣豪与力が言った。

「ただ見物してるだけじゃねえわけで」

大五郎親分が言う。

「手下の用心棒でも、容赦《ようしゃ》なく斬《き》りかねない藩主ゆえ」

ややあいまいな表情で、鬼長官が言った。

「なら、御前試合が始まってしばらく待って、頭数が減ってから討ち入るのはどうですかい」

小六が言った。

「なるほど。敵の数が減るのを待つわけだな」

鬼長官がうなずく。

「そりゃ賢いかもしれねえ」

大五郎が同意した。

「いかがでしょう、陽之進どの」

長谷川長官が訊《き》いた。

「それも一理あるが……」

剣豪与力は首をかしげた。

「同士討ちで頭数が減るのを待つというのは、いささか気合が悪いではないか」

そう言って鬼長官の顔を見る。

「たしかに」

鬼長官が渋く笑った。

「気合が悪いってのは分かりますな」

と、大五郎。

「親分はいきなり張り手だから」

小六が身ぶりをまじえた。

「手をこまねいて敵の数が減るのを待つのではなく、正々堂々、敵を一網打尽にする気合で臨もうではないか」

剣豪与力の声に力がこもった。

「それがよいでしょう」

鬼長官が力強くうなずく。

「よし、決まった」

剣豪与力は両手をぱんと打ち合わせた。

四

「それがしも参ります」

二ツ木伝三郎が言った。

稽古が一段落した自彊館《じきょうかん》だ。

「道場はどうする」

剣豪与力が訊いた。

「早じまいにして、それがしも陣に」

師範代は引き締まった表情で言った。

「東斎先生の敵討《かたきう》ちだからな」

と、与力。

「はい。いよいよです」

二ツ木伝三郎のまなざしに力がこもった。

自彊館を出た剣豪与力は、亡き師の住まいを訪ねた。

位牌《いはい》に両手を合わせ、短い経を唱え終わると、月崎与力は志津と剣正のほうを向いた。

「いよいよ網が絞られてきました。東斎先生の敵を討てるときは近いです」

亡き師の女房と息子に伝える。

「敵の名が分かったのですか」

志津が問うた。

「ええ。ここだけの話ですが……」

そう前置きしてから、月崎与力は続けた。

「ここからさほど遠からぬところに、美濃白旗藩の上屋敷があります。藩主の東條伊豆守意行は在府大名で、諸国から用心棒を集め、芳《かんば》しからぬ行いを繰り返してきました。国元へ帰ったときは、あろうことか、多くの領民を殺《あや》めたとか」

剣豪与力の眉間《みけん》にすっと一本縦じわが寄った。

「そのような蛮行《ばんこう》を」

志津も眉をひそめる。

「さりながら、相手が大名では……」

剣正が首をひねった。

「相手がだれであれ、臆《おく》せず正々堂々と敵討ちに臨むのみ」

剣豪与力が拳を握った。

「では、お屋敷に討ち入るわけで？」

志津がいくぶん案じ顔で問うた。

「そのつもりです。十五日に御前試合があり、東條伊豆守も自ら出場することになっています。そこへ火盗改方の長谷川平次長官、自彊館の二ツ木伝三郎師範代らとともに乗りこみ、一網打尽にするつもりです」

剣豪与力の言葉にひときわ力がこもった。

「くれぐれもお気をつけて」

志津が言った。

「どうかご武運を」

刀工の剣正が一礼した。

「頂戴した刀を用い、必ず先生の敵を討ち果たしますので」

剣豪与力はそう答えると、亡き師の位牌にちらりと目をやった。

五

十四日の晩――。
月崎陽之進は自室に端座していた。
行灯《あんどん》の灯りが、しみじみとその姿を浮かび上がらせている。
剣豪与力は刀を手にしていた。
その刃《やいば》をじっと見つめる。剣正から託された見事なひと振りだ。
刀身がことに美しい。悦《よろこ》ばしき波のさざめきが響いてくるかのようだ。
この刀の銘《めい》は何か、剣豪与力は刀工に訊いた。
剣正は短く答えた。
「東斎」
亡き師の名だ。
柄《つか》に覆《おお》われていていまは見えないが、茎《なかご》にそう彫りこんだと聞いた。
剣正の父への思いが伝わってきた。

この刀で、どうあっても敵を討たねば。
改めてそう思いながら、剣豪与力はゆっくりと立ち上がった。
闇の芯を凝視する。
そこに、いまだ貌《かお》を知らぬ敵が立っているかのようだった。
東條伊豆守だ。
「先生の敵、思い知れ」
剣豪与力は刀を大上段に構えた。
「とりゃっ」
気合もろとも振り下ろす。
闇が二つに裂かれたかのようだった。
剣豪与力は残心《ざんしん》をした。
行灯のほうを見る。
亡き師の面影が脳裏に浮かんだ。
頼むぞ……。
そう告げられたような気がした。

剣豪与力は灯芯に向かって一礼した。

六

十五日になった。

松川町の自彊館には張りつめた気が漂っていた。

「それがしも参りとうございます」

若き剣士が師範代の二ツ木伝三郎に向かって言った。

望地《もうち》数馬《かずま》だ。

自彊館の剣士のなかではいたって筋が良く、師範代とも互角の稽古をする。

「赴《おもむ》くのはただならぬ場所だぞ。生きて帰れるとはかぎらぬ」

二ツ木伝三郎は引き締まった顔つきで言った。

「覚悟の上です。それがしも、どうあっても東斎先生の敵を」

望地数馬は拳を握った。

芳野東斎にとってみれば、最後の弟子とも言える。

「分かった。わが道場からは、数馬と二人で敵討ちに赴くことにしよう」

ほかの門人たちを見て、師範代が言った。

わずかにほっとしたような気が漂った。

亡き師への思いはあっても、腕に覚えがなければ、むざむざと返り討ちに遭《あ》うばかりだ。

「はっ。ありがたく存じます」

数馬が気の入った声を発した。

「大名屋敷に討ち入るのだ。なまなかな心持ちでは敵は討てぬぞ」

半ばはおのれに言い聞かせるように、師範代が言った。

「一刀にすべての気を込めて臨む所存」

若き剣士が答える。

「その意気だ」

二ツ木伝三郎は少し表情をやわらげた。

「ご武運をお祈りしております」

「われらの分まで、どうかよろしゅうに」

あとに残る門人たちが言う。

「承知した。懸命に戦うぞ」

自彊館の師範代の言葉にひときわ力がこもった。

七

七つ（午後四時）ごろ――。
火盗改方の役宅で最後の型稽古が始まった。
鬼長官と時政源之亟与力だ。
ともに清浄な白い襷《たすき》を掛け渡している。
「てやっ」
鬼長官が剣を振り下ろした。
これから討ち入りゆえ、木刀ではない。
真剣だ。
「とりゃっ」
間合いを取って、時政与力が受けの型をつくる。
いくらか離れたところでは、元隠密の中堂左門が身を動かしていた。
軽々と後ろへ宙返りをし、ふところから手裏剣《しゆりけん》を取り出して打つしぐさをする。

気が伝わってくる稽古だ。

「よし、これまで」

鬼長官が言った。

「はっ」

時政与力が剣を納めた。

中堂左門も身を正す。

「そろそろ陽之進どのが着かれよう。いよいよだ」

鬼長官が一同を見た。

ほかにも精鋭がそろっている。

これから討ち入るのは大名屋敷だ。乾坤一擲《けんこんいってき》の大勝負になる。

「気を引き締めていけ」

時政与力が手下たちに言った。

「はっ」

「心得ました」

いい声が返ってきた。

ほどなく、剣豪与力の一隊が到着した。

「おう」

剣豪与力が右手を挙げた。

「お待ちしておりました」

鬼長官が折り目正しく答えた。

八

「われらは町方ではなく、影御用の者として討ち入るゆえこれだけだ」

月崎与力が手で示した。

「いよいよ出番で」

門の大五郎が腕を撫した。

「おいらも気張りまさ」

猫又の小六もいる。

「で、これから出陣ですが、美濃白旗藩に着いてからの段取りは」

鬼長官が訊いた。

「小細工は弄《ろう》せず、正々堂々、正面から討ち入ろうではないか」

剣豪与力が答えた。

「心得ました。そういたしましょう」

鬼長官の顔つきがいっそう引き締まった。

ほどなく、自彊館の二人の剣士が到着した。

「遅くなりました」

師範代の二ツ木伝三郎が頭を下げた。

「いや、ちょうどいい頃合いだ」

剣豪与力が言った。

「門人の望地数馬も東斎先生の敵討ちにぜひとも加わりたいと申すもので、連れてまいりました」

師範代は若き剣士を手で示した。

「亡き師の敵を討つべく、陣立てに加わらせていただきました。一身をなげうって敵討ちに臨みます。よろしゅうお願いいたします」

望地数馬は厳しい顔つきで言った。

「よい面構《つらがま》えだ。頼むぞ」

剣豪与力が笑みを浮かべた。

「はっ」

若き剣士が一礼した。

「そろそろ前座の試合が始まるころでしょう」

ちらりと空を見て、鬼長官が言った。

「よし、行くか」

剣豪与力は刀の柄をぽんとたたいた。

「参りましょう、東斎先生の敵討ちへ」

鬼長官が答えた。

「行くぞ」

捕り方の精鋭たちに向かって、剣豪与力が言った。

「おう！」

ひときわ気の入った声が返ってきた。

第六章　御前試合

一

「これより御前試合を行う。剣士たちはそこに並べ」

目付の蔵本三太夫が張りのある声で言った。

「はっ」

「心得ました」

「よしっ」

気の入った声が返ってきた。

剣士は六人いた。諸国から集めてきた精鋭だ。

藩主の東條伊豆守は金彩《きんだみ》が施《ほどこ》された麗々《れいれい》しい床几《しょうぎ》に腰を下ろしていた。その横には城代家老の鶴ヶ峰主税が控えている。

「試合は木刀にて行う。勝ち負けの判じ役は、むろん殿だ」

蔵本三太夫が藩主のほうを手で示した。

「おれが『やめ』と声を発するまで、懸命に戦え」

東條伊豆守が言った。

横に並んだ剣士たちが一礼する。

「まずは三組《みくみ》の戦いになる」

蔵本三太夫が段取りを示しはじめた。

「すなわち、三人が勝ち上がるわけだ。ここに殿が加わって四人になる。ここまで来れば戦いはあと二回だ」

目付は指を二本立てた。

「手加減はせぬぞ」

腕に覚えのある藩主が言った。

すでに道着に身を包んでいる。用心棒として雇った剣士たちは白だが、藩主は銀色に近い光沢がある。

「では、一人ずつ名乗りを挙げよ」

城代家老が言った。

「はっ」

　一人目の剣士が前へ進み出た。

二

「われこそは乾坤《けんこん》一刀流、山際一刀斎《やまぎわいっとうさい》なり。いざ戦わん」

　上背のある剣士が木刀を構えた。

　必殺の初太刀《しょだち》を誇る一刀流の剣士だ。まさに一刀両断の気合で打ちこんでくる。

「次」

　蔵本三太夫が短く言った。

「はっ」

　次に進み出たのは、目に鋭い光のある剣士だった。

「われこそは柳生新陰流免許皆伝、刑部真之助《おさかべしんのすけ》なり。いざ、勝負」

　剣士は蜻蛉《とんぼ》の構えを取った。

　剣豪与力と同門だ。

　構えに隙がない。

目付がうながす。

「はっ」

三人目は岩のような体格の男だった。

上背はないが、肩の肉が強《こわ》らしく盛り上がっている。

「われこそは碇弾正《いかりだんじょう》、憚《はばか》りながら、柔《やわ》ら術の心得もあり申す。いざ」

碇弾正は両手で型を取った。

「木刀は使わぬのか」

東條伊豆守が問うた。

「はっ、かえって邪魔になりますので」

弾丸のごとき体軀の男が答えた。

「面白い。励め」

藩主が言った。

「ははっ」

碇弾正が一礼した。

「よし、次」

蔵本三太夫が手で示した。

端座していた四人目の剣士が立ち上がる。

「われこそは漆原無刀斎《うるしばらむとうさい》。無刀斎の名の由来は、試合にておのずと分かりましょう」

色の浅黒い不敵な面構《つらがま》えの男が言った。

「木刀を持っていても無刀斎なのか」

城代家老がいぶかしげな顔つきになった。

「いかにも。ふふ」

漆原無刀斎が短く笑った。

「おれは知っているが、告げるのはやめよう」

東條伊豆守が肚《はら》に一物《いちもつ》ありげに言った。

「恐れ入ります」

無刀斎が頭を下げた。

「次だ」

目付が声を発した。

「はっ」

五人目の剣士が一歩前へ進み出た。

「われこそは禊源次《みそぎげんじ》。禊流の槍の遣《つか》い手でござる」

そう名乗るや、構えを取る。

その木刀は細身でいやに長かった。

槍に近い。

「本日はこれにて戦いまする。とりゃっ！」

細身の木刀を構えると、禊源次は鋭い突きを繰り出した。

「これも面白い。では、しんがりだ」

藩主が最後の剣士を指さした。

「はっ」

いやに手足の長い男が立ち上がった。

「鶴舞《つるまい》、鶴舞、鶴舞……」

両手を広げ、妙な節をつけて舞い踊る。

「われこそは鶴舞流開祖、鶴舞大八郎《だいはちろう》」

名乗りを挙げると、面妖な剣士はまたひょろ長い手足を動かした。

「鶴のごとくに舞い、鷹《たか》のごとくに襲いまする。どうかよろしゅう」

鶴舞大八郎は芝居がかったしぐさで一礼した。

これで六人の剣士の名乗りが終わった。

三

「では、組み合わせだな」

城代家老が目付の顔を見た。

「阿弥陀籤《あみだくじ》で決めましょうか」

蔵本三太夫が言った。

「それがよかろうな」

鶴ヶ峰主税がうなずいた。

「待て」

東條伊豆守が制した。

「組み合わせは、おれが決める」

藩主が言った。

「ははっ」

城代家老と目付がほぼ同時に一礼した。

鶴の一声に逆らうことはできない。

「さて、初めの試合はどうするか」

東條伊豆守が腕組みをする。

美濃白旗藩の用心棒でもある剣士たちは固唾《かたず》を呑んで見守った。

ほかの藩士たちも控えている。日が西に傾きだした頃合いだ。長い戦いに備えて、篝火《かがりび》を焚《た》く支度もなされている。

「よし、決めた」

藩主が腕組みを解いた。

「まずはおまえだ」

東條伊豆守が指さしたのは、弾丸のごとき体軀の男だった。

「はっ」

碇弾正がひときわ気の入った声を発した。

「相手は……」

藩主の指が動いた。

「おまえにしよう」

指さされたのは、槍の名手だった。

「ははっ」

禊源次が一礼した。

「なるほど」

鶴ヶ峰主税がうなずいた。

「片や無刀の柔ら術、片や長い木刀を手にした槍の名手。いかなる戦いになるか、興味津々《しんしん》ですな」

城代家老が笑みを浮かべた。

「さすがは殿、お目が高い」

目付が言う。

「見え透いた追従《ついしょう》を言うでないぞ、三太夫」

まんざらでもなさそうな顔つきで、東條伊豆守が言った。

「はっ、相済みませぬ」

蔵本三太夫は深々と一礼した。

藩主の勘気に触れぬふるまいは心得ている。

「では、初めの試合だ」

城代家老が言った。

「はっ」

禊源次が気の入った声を発した。

「いざ」

碇弾正も続く。

二人の男が相対した。

四

「お頼み申す」

一礼するなり、碇弾正が構えをつくった。

「頼もう」

禊源次が長い細身の木刀を構える。

東條伊豆守が盃《さかずき》の酒を呑み干した。

鮮やかな朱塗りの盃に小姓が酒をつぐ。

「てやっ」

槍の名手でもある男が鋭い突きを繰り出した。

「ぬんっ」

間一髪のところで、碇弾正がかわす。

いかに岩のような体軀でも、まともに食らったらひとたまりもない。

離れて突きが決まれば禊源次、間合いを詰めて組み合いになれば碇弾正。勝敗の帰趨《きすう》はそのあたりにある。

禊流の遣い手は間合いを図った。

「とりゃっ」

また突きを繰り出す。

だが……。

碇弾正は読んでいた。

敵の木刀の動きを読み、いち早く避ける。

いくたびか同じ動きが繰り返された。

一進一退だ。

「じりじりするのう」

東條伊豆守が言った。

美濃白旗藩主はこらえ性がないたちだ。このままずっと膠着《こうちゃく》状態が続けば、いきなり怒りだしかねない。

それを察したのか、禊源次の動きが変わった。

また突きを繰り出すと見せかけておいて、長い木刀を大上段に振りかぶる。

渾身《こんしん》の力をこめて振り下ろし、脳天をたたき割るつもりだ。

碇弾正は危地に陥ったかのように見えた。

しかし……。

岩のごとき体軀の男は動じなかった。

むしろ、いまだ、と思った。

危地と好機は紙一重《かみひとえ》だ。

一瞬の躊躇《ちゅうちょ》が命取りになる。

碇弾正は判断を誤らなかった。

ひるんで後ろに下がるのではなく、前へ踏みこんだのだ。

まさしく弾丸のごとき動きだった。

間合いが一気に詰まる。

ふところに飛びこむ。

禊源次の木刀は届かなかった。

短い木刀ならいざ知らず、槍の名手のそれはあまりにも長すぎた。

「ていっ」

首尾よく相手のふところに飛びこんだ碇弾正は、両手で禊源次のひざの裏をぐっとつかんだ。

そのまま押しこむ。

柔ら術の双手《もろて》刈《がり》だ。

「ぐわっ」

槍の名手はあお向けに倒れた。

碇弾正はかさにかかって攻めた。

馬乗りになり、襟《えり》を絞める。

これも柔ら術の必殺技だ。

「ぐ、ぐえっ」

禊源次がうめいた。

碇弾正の顔は真っ赤になっていた。

さらに絞める。

渾身の力をこめて絞める。

その背中を、禊源次がたたいた。

参った、と告げる。

「それまで」

城代家老が手を挙げた。

碇弾正が手をゆるめた。

禊源次がのどに手をやって咳《せき》こむ。

「ここで止めるのか」

藩主がやや不満げに言った。

「せっかく雇った用心棒を一人失ってしまいますので」

鶴ヶ峰主税は表情を変えずに答えた。

「やむをえぬか」

やや物足りなさそうに、美濃白旗藩主が言った。

「初めの試合、碇弾正の勝ち」

目付の蔵本三太夫が勝者を手で示した。

「ははっ」

碇弾正が小気味よく一礼した。

五

禊源次は手でのどを押さえながら戻った。足元がまだおぼつかない。かなり強烈な絞め技だったようだ。

一方、勝ちを収めた碇弾正は肩を揺らして得意げに引き上げてきた。

「近づいたな」

控えていた漆原無刀斎が、あるところを指さして言った。

床几の上に小判が積まれている。

最後まで勝ち残った剣士には、ほうびとして三十両が遣わされることになっていた。

「何の。あと二回勝たねばならぬ」

碇弾正が答えた。

「では、殿、残りの組み合わせを」

城代家老が言った。

「うむ」

また盃の酒を呑み干してから、東條伊豆守が剣士たちを見回した。

おのずと緊張が走る。

「まずはおまえだ」

藩主は上背のある剣士を指さした。

「はっ」

山際一刀斎が立ち上がる。

「相手は……」

東條伊豆守は少し気を持たせてから指を動かした。

「おまえにしよう」

指名されたのは刑部真之助だった。

「心得ました」

柳生新陰流の武家が一礼した。

「これはまた、正統派同士の戦いですな」

城代家老が言った。

「さすがは殿の眼力で」

目付が追従を言う。

「残る組み合わせは、おまえらだ」

藩主が手で示した。

「はっ」

漆原無刀斎が木刀を提げて立ち上がる。

「どうかよろしゅうに」

鶴舞大八郎が続いた。

こちらはくせ者同士の戦いだ。

「どちらの試合も面白かろう」

東條伊豆守がそう言って、小姓にまた盃を差し出した。

だが……。

二つの試合が行われることはなかった。

美濃白旗藩の上屋敷が、ここでにわかにあわただしくなったのだ。

「申し上げます」

切迫した声が響いた。

「捕り方が」

「門の外に」

見張りをしていたとおぼしい藩士たちが血相を変えて飛びこんできた。

「捕り方だと？」

藩主が荒々しく盃を置いた。

声が響いた。

「われこそは火付盗賊改方長官、長谷川平次なり」

鬼長官だ。

「われこそは月崎陽之進、亡き師芳野東斎の敵《かたき》を討つべく参上した。速やかに、門を開けよ」

剣豪与力が大音声《だいおんじょう》で言った。

「火盗改だと？　片腹痛いわ」

美濃白旗藩主の顔が朱に染まった。

剣士たちに向かって言う。

「御前試合はここで終《しま》いだ。返り討ちにした者にほうびをつかわす。迎え撃て。狼藉者《ろうぜきもの》はことごとく討ち果たせ」

東條伊豆守が叱咤《しった》した。

「おうっ」

「いくさだ」

用心棒たちが声をあげた。

そして、門が開いた。

第七章　討ち入り

一

門が開くや、幾本もの槍が突き出されてきた。

美濃白旗藩の藩士たちだ。

「殺せ、殺せ。皆殺しにしてしまえ」

東條伊豆守が軍配を振り下ろすしぐさをした。

城代家老の鶴ヶ峰主税は、いち早く火の粉のかからないところへ下がった。

代わりに目付の蔵本三太夫が口を開く。

「迎え撃て。戦え」

用心棒たちに向かって言う。

「おう」

「心得た」

次々に木刀を投げ捨てる。

もはや御前試合ではない。ここからは真剣勝負だ。

「繰り返す。われこそは火付盗賊改方長官、長谷川平次なり。美濃白旗藩主、東條伊豆守意行、そのほう、民を治めるべき藩主の身でありながら、あろうことか、江戸の町にて道場破りや辻斬《つじぎ》りをいくたびも行ってきた。その罪、到底許しがたし」

鬼長官の言葉に力がこもった。

悪なら大名でも容赦《ようしゃ》しない。「そのほう」と呼ぶ。

「火盗改風情《ふぜい》が」

藩主は吐き捨てた。

「かかる狼藉《ろうぜき》を働き、無事に帰れると思うな」

その言葉に応えて、用心棒たちが前へ進み出た。

「狼藉にあらず。天誅《てんちゅう》なり」

今度は剣豪与力が言った。

「何だと」

東條伊豆守が目を剝《む》いた。

「われこそは柳生新陰流免許皆伝、月崎陽之進なり。亡き師、芳野東斎の敵《かたき》を討つべく、また、江戸の安寧《あんねい》を守るべく、影御用にて参上した。覚悟せよ」

陽月流の遣《つか》い手は語気を強めた。

職掌《しょくしょう》から外れた大名屋敷に町方が踏みこむことはない。よって、奉行所のぶの字も出さなかった。

「手下もいますぜ」

猫又の小六が塀の上から言った。

もう一人、元隠密の中堂左門もいつのまにか塀によじ登っている。

「張り手を見舞ってやるから覚悟しな」

門《かんぬき》の大五郎が身ぶりをまじえた。

「自彊館《じきょうかん》の師範代、二ツ木伝三郎なり。いまこそ亡き師の敵を討たん」

二ツ木伝三郎が抜刀する。

「同じく、望地数馬。師の敵、覚悟せよ」

芳野東斎の薫陶《くんとう》を受けてきた剣士たちが、ここぞとばかりに言った。

火盗改方には時政源之亟与力の姿があった。兵を束ね、いまにも捕りかかろうとしている。

　かくして、態勢が整った。

二

「狼藉者らめ」

　美濃白旗藩主の形相《ぎょうそう》が変わった。

「一人残らず殺せ。斬って斬って斬りまくれ」

　そう言うなり、藩主はやにわに抜刀した。

「殿を守れ。前へ出すでない」

　成り行きを見守っていた城代家老があわてて言った。

　先陣を切りかねない性分だ。腕に覚えがあるとはいえ、いきなり大将を前に出すわけにはいかない。

「殿をお守りせよ。皆の衆、出陣だ」

　目付の蔵本三太夫が声を張り上げた。

「おうっ」

「承知した」

「おれに任せろ」

用心棒たちが口々に言った。

先陣を切ったのは、いかにも膂力《りょりょく》のありそうな長身の剣士だった。

「われこそは乾坤一刀流、山際一刀斎なり。いざ」

一刀流の剣士はそう名乗るなり、剣豪与力に向かってきた。

月崎陽之進が構える。

一刀流の剣士とは、以前にも戦ったことがある。

敵は初太刀《しょだち》にすべてをかけてくる。

身の重さと力を乗せて、一刀両断の剣を繰り出してくるのだ。

臆《おく》してはならない。ひるんだら負けだ。

おのれも全力で受ける。

それしかない。

「きーえーいーーっ！」

化鳥《けちょう》のような声を発すると、山際一刀斎は必殺の剣を振り下ろしてきた。

剣豪与力が、がしっと受ける。

「ぐっ」

思わずうめき声がもれた。

背筋から脳天にかけて、稲妻のごときものが奔《はし》った。

それほどまでに強烈な剣だ。

尋常《じんじょう》な者なら、一撃を受けただけで失神しかねない。

さりながら、剣豪与力は受けきった。

「ていっ」

押し返す。

二人の体《たい》が離れた。

山際一刀斎が、何とも言えないまなざしで剣豪与力を見た。

三

「臆するな。たとえ大名屋敷でも、われらは火盗改方ぞ」

鬼長官が手下たちを鼓舞《こぶ》した。

「はっ」

「御用だ」

火盗改方の精鋭たちが捕り具を手に前へ進み出る。

「神妙にせよ」

時政与力が刺股《さすまた》を構えた。

美濃白旗藩主の狼藉は、江戸における辻斬りや道場破りばかりではない。あろうことか、本国ではあまたの領民を斬っている。

悪しき藩は取りつぶしもやむなし。

そういう根回しがひそかになされていた。

ならば、心おきなく一網打尽《いちもうだじん》にできる。

「わが剣を受けてみよ」

目に鋭い光がある剣士が言った。

「望むところだ」

鬼長官が構える。

「われこそは柳生新陰流免許皆伝、刑部真之助なり。いざ、勝負」

新陰流の遣い手が打ちこんできた。

長谷川平次が受ける。

陽之進どのと同じ免許皆伝か。

侮《あなど》れぬ。


一太刀受けただけで、敵の力が分かった。

鬼長官は、ぐっと肚《はら》に力をこめた。

四

「殺せ、殺せ、弱き者どもは殺《あや》めてしまえ」

東條伊豆守が身ぶりをまじえた。

城代家老と目付が必死に止めたおかげで、自ら斬りこんでいくことは思いとどまり、いまは大将らしく後方の床几《しょうぎ》に腰を下ろして戦況を見守っている。

もっとも、すぐにも抜刀して前へ出かねない気合だ。

美濃白旗藩の上屋敷のそこここで戦いが始まっていた。

なかには異色の組み合わせもあった。

どちらも剣を手にしていない。
片や柔ら術の碇弾正、それに対するは、元力士の門の大五郎だった。
「てやっ」
大五郎親分が強烈な張り手を見舞った。
だが……。
弾丸のごとき男の動きは敏捷《びんしょう》だった。
すぐさま身をかがめ、相手のふところに飛びこむ。
そのままひざをはたいて倒そうとする。
得意の双手《もろて》刈《がり》だ。
しかし、偉丈夫《いじょうふ》の大五郎は倒れなかった。
ぐっとこらえ、敵の帯をつかんでねじりながら投げる。
はりま投げだ。
碇弾正の体が一回転して離れた。
「小癪《こしゃく》な」
大五郎親分をにらみつけると、碇弾正はまた腰をかがめて間合いを詰めた。
再び足を狙う。

敵の狙いは分かった。

門の大五郎が足を引く。

防御はできたが、その分、攻撃の手が出なかった。

敵と組み合えなければ、得意の門に決められない。さばおりもできない。

しばらくにらみ合いが続いた。

五

「われこそは自彊館師範代、二ツ木伝三郎なり。この屋敷にいる者は、すべてわが師、芳野東斎が敵なり。覚悟せよ」

二ツ木伝三郎が剣を構えた。

「ふふふ、ふふふふ」

相対する剣士が不敵な笑いをもらした。

漆原無刀斎だ。

二ツ木伝三郎は瞬《まばた》きをした。

いったん抜いた敵の刀が消えたのだ。

そう、それはたしかに消えたように見えた。

「ふふふ、ふふふふ」

笑い声が高くなった。

嗤《わら》いに近い。

漆原無刀斎のまなざしがひときわ鋭くなった。

身の後ろに巧みに隠されていた無刀斎の剣が動く。

まなざしで術をかけ、敵の動きを縛《いまし》めておいて、身の後ろに隠して消えたように見せた剣を閃《ひらめ》かせて斬る。

これが無刀斎の剣法だった。

邪道だが、強い。

「ふふふ、ふふふふ……」

笑いが高まる。

間合いが詰まる。

二ツ木伝三郎は窮地に陥った。

六

ハァー……
場違いな唄声が響いた。
鶴舞大八郎だ。
ハァー、鶴は舞う舞う
江戸の空を
ホイ、ホイ……
鶴舞流の開祖を名乗る男が両手を広げた。
まさしく鶴のごとき姿だ。
望地数馬はいぶかしげな顔つきになった。
自彊館で研鑽《けんさん》を積んできた正統派の剣士だ。このような面妖な相手と戦うことなどついぞなかった。

ハァー、鶴は楽しや
鶴舞、楽し
ホイ、ホイ……

相手を小ばかにするように、鶴舞大八郎の両腕がひらひらと動いた。
ただし、右手にはしっかりと刀が握られていた。
その手に力がこもる。
望地数馬は前へ踏みこんだ。
敵の動きが癇《かん》に障《さわ》ったのだ。

これは剣法ではない。
正々堂々と戦え。

そう思った若き剣士は、いきなり面を打ちこんでいった。

鶴舞流の開祖は待ち受けていた。

鶴舞大八郎が、にやりと笑った。

七

「ぬんっ」

山際一刀斎がまた剣を繰り出してきた。

これで三度目になる。

「とおっ」

剣豪与力が受けた。

火花が散る。

敵の剣は相変わらずの力強さだ。

しかし、初太刀には劣る。真っ向勝負の一刀流の剣士は、二の太刀三の太刀と続くにつれて力が少しずつ落ちていく。

これまでの戦いで、剣豪与力はそれをよく心得ていた。

必殺の剣が後から繰り出されてくることはない。正しく受けていれば、敵は少しずつ息が上がってくる。

そのうちに隙が生じる。そこで反撃に転ずれば、必ず斃《たお》すことができる。

勝敗の帰趨《きすう》は、もはや決まったかに思われた。

だが……。

ここで思わぬ動きがあった。

美濃白旗藩の三人の兵が、やにわに前へ進み出たのだ。

その手には、短銃が握られていた。

「旦那《だんな》！」

塀の上から、小六が叫んだ。

短銃が火を噴く。

「撃ち殺せ」

東條伊豆守が声を張りあげた。

剣豪与力はとっさに首をすくめた。

「当たらぬ」

傲然《ごうぜん》と言い放つ。

三人の兵が放った弾丸はみなそれていた。
「とりゃっ」
山際一刀斎がまた剣を振り下ろしてきた。
短銃に気を取られた一瞬の隙を突き、渾身《こんしん》の力をこめて斬りこんできたのだ。
剣豪与力が振り向いて受ける。
「ぐっ」
思わず声がもれた。
受ける体勢がいささか悪かった。
背筋にしびれが走る。
一刀斎が押しこむ。
敵のまなざしが、ひときわ鋭くなった。

八

「臆するな。戦え」
鬼長官が叱咤《しった》した。

火盗改方の捕り方は、それぞれ懸命に戦っていた。

刑部真之助が斬りこんできた。

鬼長官が受ける。

危ないところだった。

さすがは柳生新陰流免許皆伝の腕前だ。体の幹が揺るがない。ほかに気を取られているとやられてしまう。

長谷川平次は目の前の敵に集中した。

「てやっ」

鬼長官は小手を狙った。

だが……。

新陰流の遣い手は動じなかった。

正しく受けて、また構える。

「何をしておる。斬ってしまえ」

藩主が叫んだ。

床几から腰を上げ、前へ進み出る。

「殿！」

城代家老が声をあげた。
「ここはまだご自重を」
目付の蔵本三太夫もあわてて言った。
刑部真之助の目が動いた。
城代家老と目付のほうを見た。
相手にしっかりと注がれるべき視線が、束の間《つかま》それた。

九

塀の上から、小六は機をうかがっていた。
手には石つぶてを握っている。
柔ら術の碇弾正に、門の大五郎は手を焼いていた。
なにぶん体勢が低く、むやみに攻めこんでこないから隙がない。
いけねえ。
このままじゃ、親分の息が上がっちまう。

小六はそう思った。

門にきめていれば、敵も苦しくて疲れてくる。

しかし、離れた戦いで長引くのは不利だ。

立ち合いからいきなり張り手を見舞い、早々と勝負をつけてしまうのが元相撲取りのやり方だ。いまは敵の縄張りに引きずりこまれてしまっている。


よし、いまだ！


小六の右手が動いた。

石つぶてが飛ぶ。

「ぐわっ！」

碇弾正が額を押さえた。

猫又の小六が放った石つぶては、柔ら術の名手にものの見事に命中していた。

この機を大五郎は逃さなかった。

「ていっ」

張り手が飛ぶ。

「食らえっ」

敵の襟首《えりくび》をつかみ、二度、三度と強烈な張り手を見舞う。

碇弾正の顔はたちまち真っ赤に膨《ふく》れ上がった。

それでも、背負い投げで逆転を狙った。

一瞬、大五郎の巨体が宙に浮きかけた。

しかし、それまでだった。

「てやっ」

後頭部に手刀を見舞う。

碇弾正がひざを折った。

門の大五郎が馬乗りになった。

さらに、張り手を見舞う。

鼻血がだらだらと流れる。

碇弾正の目から光が薄れた。

「御用だ」

「御用」

捕り方が群がる。
かくして、用心棒の一人が消えた。

十

碇弾正に御前試合で苦杯をなめた男が復活していた。
禊源次だ。
長い槍を構え、相手を狙っている。
相対しているのは中堂左門だった。
「死ねっ」
必殺の槍が突き出されてきた。
ぐいと伸びてくる剣呑《けんのん》な槍だ。
「ぬんっ」
左門は後ろへとんぼを切った。
これなら槍は届かない。
だが……。

禊源次はかさにかかって攻めこんできた。
さらに槍を突き出す。
一気に間合いを詰めようとする。

これではいかん。
真っすぐ下がっていては、槍から逃れることはできない。
どうにかしてふところに飛びこまなければ。

とんぼを切りながら、左門は考えた。
「とりゃっ」
さらに槍が突き出されてくる。
後ろに塀が迫った。
それは気配で分かった。
左門は意を決した。
一か八か、それしかない。
元隠密は斜め横に身をねじった。

「死ねっ」
槍が鋭く突き出される。
その刃先が顔すれすれのところを通りすぎた。
間一髪だった。
左門は素早く体勢を立て直した。
ぐっと身をかがめ、敵のふところに飛びこむ。
右手には短刀を握っている。それを一気に突き刺す。
「ぐえっ」
禊源次がうめいた。
予期せぬ反撃だった。
槍は虚空を切った。もう戻せない。
左門はさらに肺腑《はいふ》をえぐった。
槍の名手の口から血があふれる。
「とどめだ」
元隠密の短刀が動いた。
禊源次はがっくりと頽《くずお》れた。

そして、二度と立ち上がらなかった。

十一

「ふふふ、ふふふふ……」

不気味な笑い声が高まった。

漆原無刀斎だ。

相対する自彊館の師範代は、術にかかりかけていた。

まなざしで術をかけ、敵の動きを縛《いまし》めてしまうのが無刀斎の必殺技だ。

身の後ろに剣を隠し、敵がおのれの目だけを見るようにする。そこで術をかけ、敵の動きが緩慢《かんまん》になるのを待つ。

そして、隠された剣を一閃《いっせん》させ、一刀で斬る。

余人には使えない、恐るべき剣法だった。

「ふふふ、ふふふふ……」

無刀斎が嗤う。

隠された右手が動く。

そして、いまにも剣が振り下ろされようとしたとき、声が聞こえた。

伝三郎、我に返れ。

二ツ木伝三郎は、はっとした。
脳の芯に響いてきたのは、亡き師の声だった。

迎え撃て、伝三郎。

またしても、芳野東斎の声が聞こえた。
自彊館の師範代の右手が動いた。
迎え撃つ。
体の陰に隠されていた無刀斎の剣を、二ツ木伝三郎はがしっと受け止めた。
一刹那《いっせつな》でも遅れていれば、袈裟懸《けさが》けに斬られてしまっていただろう。
背筋を冷たい汗が伝った。
しかし……。

一撃必殺の剣は受け止めた。
勝負は振り出しに戻った。

十二

望地数馬は前へ踏みこんだ。
敵は鶴舞大八郎だ。

ハァー、鶴は楽しや
鶴舞、楽し
ホイ、ホイ……

ひょろ長い両腕をひらひらさせて、小ばかにするように動く。
その動きが癇に障った。
真っ向勝負の若者だ。
許しがたし、と思った。

だが……。
それが敵の思う壺だった。
怒りに目がくらみ、やみくもに踏みこむと身が硬くなる。
そこへ思わぬ角度から剣を振るわれたら、受けることがむずかしくなってしまう。

これは剣法ではない。
正々堂々と戦え。

望地数馬は面を打ちこんでいった。
鶴舞大八郎が、にやりと笑った。
鶴舞流の開祖は、これを待っていたのだ。
ひらひらしていた右腕に力が宿った。
動きの硬い面には、抜き胴で抗《あらが》う。
それで勝てる。
鶴舞大八郎はわずかに身をかがめ、抜き胴の体勢に入った。

「待ちやがれ」

そのとき、声が響いた。

小六だ。

碇弾正に石つぶてを投じ、大五郎の危難を救った小六は、次の加勢の機をうかがっていた。

塀の上からだとさまざまな動きが見える。

目にとまったのは、望地数馬と鶴舞大八郎の戦いだった。

ハァー、鶴は舞う舞う
江戸の空を
ホイ、ホイ……

舞い唄いながら戦うのだから、おのずと目立つ。

鶴舞流の開祖にとってみれば、それが仇《あだ》となった。

「ぐわっ」

鶴舞大八郎が声をあげた。

いままさに抜き胴を決めようとした剣士の肩に、石つぶてが命中したのだ。

剣は不発に終わった。

しかし……。

望地数馬の力んだ面も空を切った。

この勝負も振り出しに戻った。

十三

死闘が続いていた。

「きえーい」

山際一刀斎が斬りこむ。

「ぬんっ」

剣豪与力が正しく受ける。

その繰り返しだ。

乾坤一刀流の剣士は、すでに乾坤一擲《いってき》の初太刀を放った。

その後もいくたびか攻撃を繰り出している。

さしもの遣い手の顔にも、焦《あせ》りと疲れの色が見えはじめていた。

だが……。

体の幹はまだ揺らいではいなかった。

迂闊《うかつ》に攻めこむわけにはいかない。

「臆したか」

一刀斎が言った。

言葉で煽《あお》り、無理攻めを誘おうとする。

剣豪与力は乗らなかった。

敵の剣筋は見えている。

ここで一気に勝負をつけにいくこともできるだろう。

しかし……。

敵にはまだ力が残っている。初太刀には比ぶべくもないが、捨て身の剣を繰り出してくるやもしれぬ。

剣豪与力は慎重に構えていた。

「何をしておる。斬ってしまえ」

東條伊豆守の声が響いた。

後ろのほうで盃《さかずき》を重ねながら成り行きを見守っている。

「はっ」

一刀斎の動きが変わった。

藩主の勘気を蒙《こうむ》れば命はない。ここは攻めるしかなかった。

「きーえーーいっ」

一刀流の遣い手は、翔《と》ぶがごとくに斬りこんできた。

「てやっ」

剣豪与力が受ける。

また火花が散る。

よし、と剣豪与力は思った。

敵の剣は、明らかに力が弱ってきた。

ここからは峠《とうげ》の下りだ。

攻めに転ずるべし。

身の内側から、力がみなぎってきた。
「ぬんっ」
押し返す。
体が離れた。
「とおっ」
すぐさま打ちこむ。
今度は一刀斎が受けに回った。
ぐいと押しこむ。
守勢に回った一刀斎の体の幹が初めて揺らいだ。
いまだ。
斬れ。
内なる声が命じた。
剣豪与力は再び体を離した。
間合いができる。

斬りこむには充分な間だ。

「てやっ！」

剣が一閃した。

亡き師の名「東斎」の銘を持つ刀が、敵の首筋を斬り裂く。

「ぐわっ」

一刀斎は声をあげた。

「慈悲だ」

剣豪与力はとどめを刺した。

袈裟懸けに斬り捨てる。

ひと呼吸置いて、敵はゆっくりと斃れていった。

第八章　血風、上屋敷

一

「何をしておる。斬《き》ってしまえ！」

業《ごう》を煮やした東條伊豆守が大きな身ぶりをまじえて叫んだ。

鬼長官、長谷川平次と、柳生新陰流の遣《つか》い手、刑部真之助の戦いは、双方譲らず、膠着《こうちゃく》状態に陥っていた。

それを見ていた美濃白旗藩主が叱咤《しった》の声を飛ばしたのだ。

「殿！」

城代家老の鶴ヶ峰主税が声をあげた。

「ここはまだご自重を」

目付の蔵本三太夫もあわてて言った。

刑部真之助の目が動き、城代家老と目付のほうを見た。

剣を交えている相手にしっかりと注がれるべき視線が、束《つか》の間《ま》それた。

その一瞬の隙を、鬼長官は見逃さなかった。

「てやっ」

気合もろともに斬りこむ。

その剣先が、刑部真之助の腕に届いた。

「ぐっ」

うめき声がもれる。

浅いが、利き腕だ。

柳生新陰流の遣い手は窮地に陥った。

「斬り返せ」

藩主が叫ぶ。

刑部真之助の形相《ぎょうそう》が変わった。

「覚悟っ」

大上段に振りかぶり、逆転の面を狙う。

隙あり。
いまだ。
鬼長官は間合いを詰めた。
次の刹那《せつな》――。
鬼長官の姿は消えたように見えた。
むろん、そうではなかった。
長谷川平次は身をかがめ、敵のふところに飛びこんだのだ。
「ぬんっ」
鬼長官の剣が一閃《いっせん》した。
抜き胴だ。
それは過《あやま》たず、刑部真之助の体を斬り裂いた。
さらに振り向き、袈裟《けさ》懸《が》けに斬る。
用心棒は悲鳴もあげなかった。
茜《あかね》に染まった空へ、血が噴き上がる。
少し間を置いて、刑部真之助はゆっくりと斃《たお》れた。

そして、二度と起き上がらなかった。

二

「迎え撃て、伝三郎」
脳の芯に、師の声が響いた。
それを力にして、自彊館《じきようかん》の師範代は剣を振るった。
相対する敵、漆原無刀斎の剣をがしっと受ける。
間一髪だった。
一瞬でも遅れていたら、斬られてしまっていただろう。
無刀斎の名のとおり、刀を見せない異色の剣士だ。
おのれの身の後ろに剣を隠し、まなざしに力をこめる。
ある種の術をかけ、敵の身を縛《いまし》める。
敵の動きが止まった隙を突いて、隠されていた剣を振るい、一撃で仕留める。
一刀流とは違うが、これまた一撃必殺の剣だった。
だが……。

このたびは不発に終わった。

あわやというところで、二ツ木伝三郎の頭に助けの声が響いたのだ。

「伝三郎、我に返れ」

亡き師、芳野東斎の声だった。

自彊館の師範代は、その声で救われた。

敵の剣を受けることができた。

勝負は振り出しに戻った。

ここからが正念場だ。

「ていっ」

渾身《こんしん》の力をこめて、二ツ木伝三郎は押し返した。

「とやっ」

漆原無刀斎も応じる。

しばらくもみ合いが続いた。

「とりゃっ」

無刀斎が自ら体を離した。

間合いを取る。

「ふふ、ふふふ……」

笑い声が響いた。

また刀を身の後ろに隠そうとする。

術をかけようとする。

「笑うな」

二ツ木伝三郎は鋭く言った。

もうその手は食わない。


休ませるな。

戦え。


師の声が響いたような気がした。

身の内に力が宿る。

「きえーい」

二ツ木伝三郎は踏みこんだ。

敵が受ける。

休むことなく、伝三郎は剣を振るいつづけた。

剣さえ見えていれば、無刀斎は恐るるに足りなかった。

剣士としての力は自彊館の師範代のほうが上だ。

道場で真摯《しんし》に研鑽《けんさん》に努めてきた。

腕が鉛《なまり》のようになるまで、必死に竹刀《しない》を振りつづけた。

朝稽古《あさげいこ》や山稽古にも励んだ。おのれの身をいじめ、さらなる剣の高みに登りつめようとした。

その成果が、いま実を結んだ。

守勢一方になった漆原無刀斎の足がもつれた。

かさにかかって攻める。

「うわっ」

無刀斎が叫んだ。

あお向けに倒れる。

いまだ。

二ツ木伝三郎は剣を振り下ろした。

「ぐわっ」

それは異能の剣士の耳を斬り飛ばした。
さらに突きを喰らわす。
心の臓を突く。
「ぐえええええええっ」
断末魔の悲鳴が放たれた。
もふっ、と血を吐く。
無刀斎が白目を剝《む》いた。
邪悪な剣士は、もう二度と笑わなかった。

三

もう一人の自彊館の剣士も敵と戦っていた。
望地数馬だ。
敵は鶴舞流の開祖、鶴舞大八郎だった。
ハァー、鶴は舞う舞う

江戸の空を
ホイ、ホイ……

舞い唄いながら戦う面妖な剣士だ。
相手はその動きに幻惑される。
さらに、怒りが喚起される。
やみくもに攻めこんでいったりすれば、敵の思う壺だ。
若き剣士も、あわやその陥穽《かんせい》に落ちるところだった。
怒りに任せて攻めこめば、身の動きが硬くなってしまう。
鶴舞大八郎はその隙を狙っていた。
そして、必殺の抜き胴が放たれようとしたとき、望地数馬に助っ人が現れた。
小六が石つぶてを放ったのだ。
それは鶴舞大八郎の肩に命中した。
舞い唄いながら敵を挑発し、身が硬くなったところで必殺の剣を放つ。
それが鶴舞流の極意だ。
だが……。

その面妖な剣法は両刃《もろは》の剣《つるぎ》でもあった。
唄は周りの耳にも届く。おのずと注意を引きつける。
それを聞いた小六が望地数馬の窮地に気づいた。
石つぶてがあわやの危難を救ったが、若き剣士の剣も空を切った。
勝負は振り出しに戻った。
がしっと組み合う。
もはや唄声は響かない。
鶴舞流の開祖にそんな余裕はなかった。
顔に焦《あせ》りの色が浮かぶ。
ただの斬り合いになったら分が悪い。
しかし……。
ここで鶴舞大八郎に援軍が来た。
美濃白旗藩の兵だ。
短銃を構える。
その銃口は、若き剣士のほうに向けられていた。

四

「待て」

鋭い声が放たれた。

剣豪与力だ。

山際一刀斎を斃した月崎陽之進は、休む間もなく次なる敵に向かった。

短銃が火を噴いた。

だが、弾丸はわずかにそれた。

剣豪与力が放った不意の声が狙いを狂わせたのだ。

「ぬんっ」

さらに踏みこむ。

敵は鶴舞大八郎だ。

正義の剣がぐいと伸びた。

それは邪悪な剣士の頭に届いた。

「ぐわっ」

悲鳴があがる。

望地数馬は勢いを得た。

「思い知れっ」

怒りの剣が振るわれる。

今度は反撃がなかった。

芳野東斎の薫陶《くんとう》を受けた若者の剣は、鶴舞流の開祖の首筋を斬り裂いていた。

「よし」

剣豪与力が声を発した。

「とどめを刺せ」

そううながす。

「はっ」

望地数馬が再び剣を構えた。

「覚悟」

気の入った声を発すると、若き剣士は剣を一気に振り下ろした。

鶴舞大八郎の鶴のごとき首は、血を奔《ほとばし》らせながら虚空に舞った。

五

「皆殺しだ。一人も逃すな」

東條伊豆守が剣を振り下ろした。

「矢を射よ」

城代家老が命じる。

「短銃も放て」

目付の蔵本三太夫が言った。

「はっ」

「覚悟」

兵がわらわらと前へ進み出る。

一人が弓を引き絞った。

だが……。

矢が放たれることはなかった。

「ぎゃっ」

悲鳴をあげてのけぞる。

手裏剣《しゆりけん》が命中したのだ。

塀の上から、左門が敵に狙いを定めていた。

「食らえっ」

小六も石つぶてを投げる。

矢が飛んできた。

首をすくめ、間一髪で逃れる。

銃声が響いた。

「うっ」

敵と相対していた火盗改方の時政与力が腕を押さえた。

「源之亟！」

気づいた鬼長官が声をかけた。

「かすり傷で」

時政与力が気丈《きじよう》に答えた。

「てやっ」

大五郎親分が張り手を見舞った。

藩兵の一人が一撃で倒れる。

「次の矢を射ろ」

城代家老が焦《じ》れたように言った。

「あの男を狙え」

目付が指さした。

狙いを定められたのは、剣豪与力だった。

六

引き絞った矢が放たれた。

剣豪与力の顔をめがけて飛ぶ。

兵の狙いはたしかだった。

月崎陽之進の額に、いまにも矢が突き刺さる。

矢は剣豪与力に命中し、たちどころに命を奪ってしまう。

危難が迫った。

だが……。

矢が突き刺さる一瞬前に、手が動いた。

剣豪与力の両手が動く。

飛んできた矢を、剣豪与力は発止《はっし》と受けた。

両手で見事につかんだのだ。

「当たらぬ」

剣豪与力は傲然《ごうぜん》と言い放った。

「すべての矢は止まっている」

陽月流の遣い手は言った。

「矢はある一点を通り過ぎる。そして、次なる点を通過する。それが際限なく続き、飛んでいるように見えるだけだ」

矢をつかみ取った剣豪与力が言った。

「う、うわあっ」

矢を放った兵が弓を放り投げて逃げ出した。

「何をしておる。逃げるな」

鶴ヶ峰主税が叱咤した。

「敵に後ろを見せるな」

蔵本三太夫も怒る。

しかし……。

兵はすっかり浮き足立っていた。

矢を素手でつかみ取るような化け物とは戦いたくない。

そう思うのは人情だ。

「うわあっ」

「逃げろっ」

藩兵たちは我先にと剣豪与力から遠ざかろうとした。

「愚か者めが」

怒りの声が響いた。

声を発したのは、東條伊豆守だった。

七

「逃げるな」

そう言うなり、藩主の剣が一閃した。

「ぐわっ」

兵が悲鳴をあげた。

さらに剣を振るう。

美濃白旗藩の兵の首が虚空に舞った。

「うわっ」

べつの兵が叫んだ。

「臆病者は、このおれが斬ってやる」

東條伊豆守は悪鬼のごとき形相になった。

敵よりも、藩主のほうがよほど恐ろしかった。

我先にと逃げ出すのも無理はない。

「殿！」

城代家老が動いた。

かぎりなく乱心に近い藩主を止めようとする。

だが……。

鶴ヶ峰主税の足は止まった。

身を挺《てい》して藩主を止めようとして斬られた者は過去にいる。このまま出ていったりしたら、わが身が危ない。

城代家老はすんでのところで算盤《そろばん》を弾いた。

「腰抜けどもめがっ」

藩主が剣を振り上げた。

もともと家中でかなう者のいない遣い手だが、怒るとさらに手がつけられない。

まさに、鬼だ。

人を人とも思わず、味方であろうと斟酌《しんしゃく》せず、問答無用で斬り捨ててしまう。

「殿っ！」

今度は目付が動いた。

「おやめください」

蔵本三太夫はあわてて前へ進み出た。

目付は城代家老より若かった。

打算と保身だけで動くことはしなかった。

怒りに任せて配下の兵を斬った藩主を、目付は本気で諫《いさ》めようとした。

それが仇《あだ》になった。

「おのれはっ」

東條伊豆守の目につねならぬ光が宿った。

それはかぎりなく狂気に近かった。

「おれの行いに文句があるか。愚か者めがっ」

そう言うなり、藩主は一気に間合いを詰めた。

剣が一閃する。

「うわっ」

城代家老が声をあげた。

血しぶきが舞う。

目付は言葉を発しなかった。

蔵本三太夫の首は虚空に舞い、上屋敷の庭にどさりと落ちた。

八

「こうなりたくなかったら、戦え」

東條伊豆守が目付のむくろを剣先で示した。

その顔は返り血で真っ赤だ。

いつのまにか日が暮れ、篝火《かがりび》が焚《た》かれている。火明かりのなかに異形《いぎよう》の藩主の顔がおぞましく浮かびあがった。

「矢を射ろ。銃を撃て。敵を一人残らず斃してしまえ」

美濃白旗藩主の声が上屋敷に響きわたった。

その声を聞いた一人の兵の表情が不意に変わった。

「ははは、はははは……」

乾いた笑い声がもれる。

兵は弓を手にしていた。

矢を引き絞り、狙いを定める。

兵が狙ったのは敵ではなかった。

藩主の東條伊豆守だった。

「ははは、ははははは……」

乱心した兵は、あろうことか、藩主に向かって矢を射った。

矢はそれたが、むろんそれで終わることはなかった。

「狼藉者《ろうぜきもの》っ！」

絶叫するや、藩主は兵のもとへ走った。

「ぬんっ」
剣を振り下ろす。
目付に続いて、兵の首も宙に舞った。
すさまじい剣の力だ。
ここで銃声が響いた。
次なる兵が短銃を撃ったのだ。
この兵も乱心していた。
目に光がない。何かに憑《つ》かれているかのようだ。
弾は当たらなかった。
呆然《ぼうぜん》と藩主のほうを見る。
「おのれはっ」
悪鬼が大きく口を開けた。
「成敗《せいばい》！」
そう叫ぶなり、東條伊豆守は兵に近づき、またしても一刀で首を斬り落とした。
血しぶきを篝火が照らす。
美濃白旗藩の上屋敷は修羅場《しゅらば》と化した。

その地獄絵図のなかで、凜《りん》とした声が響きわたった。

「おれと戦え」

藩主に向かって昂然《こうぜん》と言った者がいた。

剣豪与力、月崎陽之進だった。

第九章　最後の死闘

一

「戦え、だと？」

東條伊豆守が目を剝《む》いた。

血に濡れた刀を提げ、間合いを詰める。

「美濃白旗藩主、東條伊豆守。うぬは悪の中の悪だ。世にはびこる巨悪は、この月崎陽之進が許さぬ」

剣豪与力が剣を構えた。

「片腹痛いわ」

東條伊豆守は鼻で嗤《わら》った。

「おれは弥勒菩薩《みろくぼさつ》の化身ぞ。わが剣で弱き者どもを成敗《せいばい》し、片っ端から斬《き》り捨てて世を浄《きよ》めてやる。覚悟せよ」
そう言うなり、悪しき藩主は正面から斬りこんできた。
剣豪与力が受ける。
狂気の剣を、全力で受ける。
「ぬんっ」
腹の底から声が出た。
敵は一刀流ではないが、膂力《りょりょく》にあふれた恐ろしい剣だ。
いささかなりとも力を抜いたりすれば、たちどころに斬り裂かれてしまう。一
瞬たりとも気は抜けない。
剣豪与力は気合を入れ直した。

巨悪はおれが裁く。
決して許しはせぬ。

身の奥底から力が湧きあがってきた。
「てやっ」

押し返す。

二人の体が離れた。

剣豪与力と美濃白旗藩主は再びにらみ合った。

二

「捕縛せよ」

鬼長官の声が響きわたった。

藩主は孤軍奮闘していたが、藩士たちの士気は低下していた。

目付の蔵本三太夫は東條伊豆守に斬られて死んだ。それを見た城代家老の鶴ヶ峰主税は我先にと逃げ出した。

「われら火盗改方は、悪であればいかなる者にも臆《おく》せぬ。容赦《ようしゃ》なく捕縛せよ」

長谷川平次は高らかに言い放った。

「おうっ」

「御用だ」

捕り方が勇んで動いた。

諸国から悪しき用心棒どもを集め、藩主を筆頭に悪事を繰り返してきた藩だ。その禄を食《は》む者たちはみな同類とみなし、まず捕縛する。刃向かう者は斬る。鬼長官の方針はいたって分かりやすかった。

「臆するな」

時政与力が手下に言った。

腕に弾丸のかすり傷を受けたが、手拭《てぬぐ》いを巻いたら血は止まった。身も動く。大丈夫だ。

「敵の矢玉は尽きかけているぞ」

冷静に周りを見渡して、時政与力は言った。

「利はわがほうにあり」

鬼長官がよく通る声で言った。

「ぎゃっ」

弓を引き絞っていた敵兵が一人、のけぞって倒れた。

中堂左門の手裏剣《しゆりけん》はまだ尽きていなかった。

狙いを定め、ここぞというときに放つ。

それはことごとく命中した。

元隠密の手裏剣は百発百中だ。

「押せ押せっ」

鬼長官は自ら剣を振るった。

刃向かってきた敵兵を一刀で斬り捨てる。

「ぐわっ」

美濃白旗藩の上屋敷に、また血しぶきが舞った。

三

「下愚《げぐ》めがっ」

東條伊豆守が斬りこんだ。

火花が散り、両者が見合う。

美濃白旗藩主も剣豪与力も、互いに一歩も譲らなかった。

うぬごときに負けるか。

おれは生まれながらにして藩主だ。

領民どもを生かそうが殺そうが、おれの思いのままだ。
うぬらとは格が違う。
東條伊豆守のまなざしに、つねならぬ光が宿った。
おれは弥勒菩薩の化身ぞ。
この世はおれの剣によってのみ救われる。
弱き者を根絶やしにしていけば、強き者だけが残る。
それで良い。
「ていっ」
体を離すや、東條伊豆守はまた剣を振るった。
疲れを見せぬ、力強い剣だ。
「どりゃっ」
剣豪与力が受ける。
両者の動きがまたしても止まった。

うぬごときは踏み台ぞ。
ひねりつぶしてやる。

心の中で、東條伊豆守は毒づいた。
その目が真っ赤に染まる。
まさしく鬼のごとき目だ。

おれは弥勒菩薩の化身。
五十六億七千万年後に、この世を統《す》べるために降臨する。
それまでは兜率天《とそつてん》で修行だ。
弱き者を斬る修行を繰り返すこの世が兜率天だ。

東條伊豆守の思念はまったくもって乱れていた。
弥勒菩薩は釈迦《しやか》の次に仏陀《ぶつだ》となることが約束されている。ただし、それは五十六億七千万年後という途方もなく先の話だ。

それまでは、兜率天というところで修行もしくは説法を続けている。

広く知られている説はそうだった。

しかし……。

東條伊豆守の頭の中には、ゆがんだ考えが根づいてしまっていた。

兜率天で弥勒菩薩が行う修行は、弱き者を片っ端から斬り捨てることにいつのまにかすり替わっていた。

おれは弥勒菩薩の化身。

うぬも斬り捨ててやる。

東條伊豆守の剣にまた力がこもった。

四

捕り方はなおも奮戦していた。

「てやっ」

大五郎親分が張り手を見舞う。

いつもなら息が上がってしまうところだが、今日は力がみなぎっていた。

「親分、水だ」

小六が機を見て竹筒を手渡した。

「おう、すまねえ」

大五郎が受け取り、のどを鳴らして水を呑んだ。

「力水《ちからみず》で」

小六が笑う。

「ありがてえ。また力が出るぜ」

竹筒を戻すと、閂《かんぬき》の大五郎は腕を回した。

「おっと」

小六が首をすくめた。

ちょうど矢が射かけられてきた。

素早くかわすと、猫又の小六はまた軽々と塀に登った。

すぐさま石つぶてを取り出す。

「食らえっ」

弓を手にした兵に向かって投げつける。

「ぎゃっ」

悲鳴があがった。

小六の石つぶては、敵の目のあたりに命中していた。

「てやっ」

大五郎親分がすかさず張り手を見舞う。

兵はたちどころに昏倒《こんとう》した。


自彊館《じきょうかん》の二人も奮闘していた。

「うぬらはみな師の敵《かたき》ぞ」

二ツ木伝三郎がそう言って、成敗の剣を振り下ろした。

「師の敵、覚悟！」

望地数馬も勇む。

刃向かう者は斬った。

勢いが違う。

美濃白旗藩の兵のなかには、我先にと逃げ出す者もいた。

だが……。

藩主は違った。

弥勒菩薩の化身と自称する東條伊豆守には、まだ力がみなぎっていた。

五

「死ねっ」

必殺の剣が振り下ろされてきた。

「ぬんっ」

剣豪与力が受ける。

闇がいつのまにか濃くなっていた。

火花が鮮明になる。

篝火《かがりび》が庭を照らしていた。

ほうぼうにむくろが転がっている。

捕り方に捕縛され、引き立てられていく兵がいる。

美濃白旗藩の上屋敷で動く影は、少しずつ減っていた。

だが……。

剣豪与力と藩主の戦いは、いまだ佳境だった。

両者譲らない。

「受けるばかりか。腰抜けめ」

東條伊豆守が挑発した。

「うぬこそ、攻め手はそれだけか」

剣豪与力は言い返した。

「何だと？」

藩主が目を剝く。

「弥勒菩薩の化身だとは笑わせる。うぬの力は道端の地蔵にも劣るだろう」

月崎与力が言い放った。

敵の剣は存外に理にかなっている。

体の幹が乱れない。

息も上がらない。

そこで、少しでも隙を見せるように仕向けたのだ。

「下郎がっ」

藩主の形相《ぎようそう》が変わった。
踏みこむ。
いまだ。
敵に隙あり。
剣豪与力はそう思った。
怒りにまかせて踏みこんだ敵の脇が、一瞬空いたように見えたのだ。
ここで抜き胴を繰り出せば斬れる。
ここが勝負どころだ。
行け。
剣豪与力は身をかがめた。
しかし……。
敵の踏み込みは速かった。

獣のごとくに速かった。

剣が届く一瞬前に、藩主は体当たりを食らわせた。

「ううっ」

剣豪与力は衝撃を感じた。

そのままあお向けに倒れる。

師の敵を討とうとした剣豪与力は、絶体絶命の窮地に陥った。

六

「陽之進どのっ」

鬼長官が叫んだ。

その位置からは、窮地に陥った剣豪与力の姿が見えた。

いかん。

やられてしまう。

鬼長官は蒼《あお》くなった。
敵に押し倒された剣豪与力に、いまにも剣が振り下ろされる。
その刃《やいば》に心の臓を刺し貫かれた月崎陽之進は、ここで落命してしまう。
長谷川平次の目にはそう見えた。
だが……。
ここで思わぬ動きがあった。
「とりゃっ」
声が放たれた。
窮地で声を振り絞ったのは、剣豪与力だった。
もはや剣を振るうことはできない。
あお向けに倒されてしまった。
絶体絶命だ。
しかし……。
剣は振るえなくても、まだ攻撃の道具となるものは残っていた。
おのれの身に備わっているものだ。
剣豪与力はとっさに足を動かした。

両足をそろえ、覆《おお》いかぶさってくる敵を受ける。
そして、後ろへ勢いをつけて投げ飛ばす。
巴投《ともえな》げだ。
柔《やわ》ら術の心得は少ししかないが、この土俵際で体が動いた。
日ごろの鍛錬の賜物だ。
「うわっ」
藩主が叫んだ。
東條伊豆守の体は、見事な弧を描いて宙に舞った。
一回転する。
地面にどさりと落ちる。
間一髪で窮地を脱した剣豪与力は体勢を整え直した。
藩主も立ち上がり、再び剣を構える。
死闘はなおも続いた。

七

「助太刀《すけだち》いたす」

鬼長官の声が響いた。

前へ進み出る。

「おう」

「それがしも」

二ツ木伝三郎が勇んで言った。

「及ばずながら、それがしも」

望地数馬も和す。

「屑《くず》どもめ」

藩主が唾《つば》を飛ばした。

「まとめてたたき斬ってやる。かかってこい」

東條伊豆守は嚙みつくように言った。

「どりゃっ」

まず鬼長官が踏みこんだ。

おのれが藩主と戦っているあいだに、剣豪与力は息を整えることができる。そう思案して真っ先に打ちこんでいったのだ。

「小癪《こしやく》な」

美濃白旗藩主が受けた。

ぐっと押し返す。

二人の体が離れた。

「とりゃっ」

二の矢は二ツ木伝三郎だ。

「師の敵、覚悟せよ」

一刀に思いをこめて打ちこむ。

「下がれっ」

東條伊豆守が押し返した。

「うぬらが束になっても、おれには勝てぬぞ」

悪しき藩主がうそぶいた。

「師の敵！」

そう叫ぶなり、望地数馬も果敢に打ちこんでいった。
臆せぬ若者の剣だ。
だが……。
東條伊豆守はしっかりと受けた。
不死身の鬼のごとき所作だ。
篝火が照らす上屋敷の庭で、さらに死闘が続いた。

八

剣豪与力は目を凝《こ》らしていた。
鬼長官、二ツ木伝三郎、望地数馬。
その順で、東條伊豆守に剣を打ちこんでいった。
悪しき藩主は正しく受けて押し返した。
相変わらずの揺るぎなき剣だ。
しかし……。
その身の動きに、わずかな癖を見て取ることができた。

受けるときに、ほんの少しだけ左肩が下がるのだ。

いくらか離れたところから見守る剣豪与力の目には、敵のささいな穴が見えた。

いままでと剣筋を変えれば、おそらく受けきれまい。

次の一刀が勝負だ。


剣豪与力は心を決めた。

「てやっ」

望地数馬の剣を、藩主は難なく押し返した。

「腰抜けどもめ。おれの相手にはならぬわ」

東條伊豆守は見下すように言った。

それに抗《あらが》うように、鬼長官が斬りこむ。

「ぬんっ」

気合の入った剣だ。

敵は受けるだけで力を殺《そ》がれる。

行け、平次。
おれが代わるまで、懸命に戦え。
剣豪与力は心の中で声援を送った。
その声が届いたのかどうか、鬼長官はさらに鋭く打ちこんだ。
藩主に休む間を与えない。
「でえええええいっ」
焦《じ》れたように、東條伊豆守が押し返した。
体が離れる。
藩主は肩で一つ息をついた。
初めて疲れを見せた。
いまだ。
打ちこめ。

剣豪与力の身の内に力がみなぎった。

九
「平次、代わるぞ」
剣豪与力が声をかけた。
鬼長官がすっと身を引く。
敵が見えた。
「とりゃっ」
剣豪与力はいままでと違う踏み込みを見せた。
悪しき藩主は受けるときに左肩がわずかに下がる。
その隙を突いたのだ。
しかし……。
わずかな隙を突くためには、わが身も危地に赴《おもむ》かねばならない。
紙一重《かみひとえ》だ。
剣豪与力か、藩主か。

善か悪か。

いよいよ雌雄《しゆう》が決せられるときが来た。

「ぐわっ！」

声があがった。

片方の剣が、敵の肩のあたりを斬り裂いたのだ。

よろめく。

勝負に初めて優劣がついた。

「ぬんっ」

二の太刀を放つ。

攻勢に立ったのは、剣豪与力だった。

十

「おのれっ！」

手負いの藩主の目が光った。

怒りの目だ。

「死ねっ」

肩を斬られたというのに、東條伊豆守はなおも剣を振るった。

まだ力がある。

決して侮《あなど》れない。

「ぬんっ」

剣豪与力は押し返した。

間合いを取る。

敵は手負いだ。

捨て身の攻撃に気をつけていれば、やがて傷口が広がり、動きが緩慢《かんまん》になってくる。そこで仕留めればいい。

「うぬらはっ」

藩主はやみくもに剣を振り下ろしてきた。

援軍はいない。

矢を射る兵も、短銃を撃つ兵もいなかった。

目付は死んだ。城代家老は我先にと逃げてしまった。

悪しき藩主だけが残っている。

孤立無援だ。

剣豪与力はがしっと受けた。

また押し返す。

敵の顔がゆがんだ。

肩の傷は浅くはないだろう。

「おれは弥勒菩薩だ。首を刎《は》ねてやる」

声高《こわだか》に言い放つと、東條伊豆守は横ざまに剣を振るってきた。

初めのころとは違った。もはや道理にかなっていない。

遠回りをするばかりの醜い剣に堕《だ》していた。

「うぬはただの外道《げどう》よ」

剣豪与力は言った。

「正しく成敗され、地獄へ墜《お》ちよ」

陽月流の遣い手の剣が振り上げられた。

鬼長官と自彊館の剣士たちも間合いを詰める。

「師の敵」

「覚悟！」

上屋敷に声が響きわたった。

十一

「斬ってやる。でぇえええええいっ！」

手負いの藩主が突進してきた。

剣豪与力は間合いを図った。

亡き師の敵、いまこそ討たん。

覚悟せよ！

剣豪与力の剣が一閃《いっせん》した。

迎え撃ち、袈裟《けさ》懸《が》けに斬る。

魂《たましい》の一刀だ。

「ぐわっ」

悲鳴があがった。

「おぬしらも斬れ」

剣豪与力が言った。

「おう」

鬼長官が前へ進み出た。

「師の敵、思い知れ」

そう言うなり、長谷川平次は怒りの剣を振り下ろした。

闇に血が舞う。

「覚悟！」

二ツ木伝三郎も斬った。

藩主の体がぐらりと揺れる。

「天誅《てんちゅう》！」

望地数馬は突きを喰らわせた。

東條伊豆守の心の臓を貫く。

悪しき藩主が血を吐いた。

もう言葉は放たれない。

さらによろめく。

「慈悲だ」

剣豪与力が剣を振りかざした。

「地獄でわびよ」

正義の剣が一閃した。

東條伊豆守の首が虚空に舞う。

弥勒菩薩の化身だとうそぶいていた藩主の首は、上屋敷の庭にどさりと落ちた。

そして、動かなくなった。

第十章　追善稽古《ついぜんげいこ》

一

美濃白旗藩の悪評は、つとに公儀の知るところだった。

隠密の中堂左門から報告を受け、いずれはお取りつぶしをと幕閣は手ぐすねを引いていた。

いかに縄張りにこだわらぬとはいえ、このたびの火盗改方の働きはいささか職掌《しょくしょう》を超えていたが、そういう事情があったために黙認された。

城代家老の鶴ヶ峰主税は藩主を見捨てて逃走した。切腹までは申しつけられなかったが、蟄居《ちっきょ》を余儀なくされた。

悪しき藩主が成敗《せいばい》されたことを知った美濃の領民たちは快哉《かいさい》を叫んだ。

初めて領地を訪れたとき、東條伊豆守は領民を端から斬《き》っていった。何の罪もない者たちを死に至らしめたのだ。

その恨みを、領民は決して忘れてはいなかった。

「こんなめでたいことはないで」

「祝え、祝え」

領民たちは三日三晩、祝杯を挙げながら踊ったという。

東條家はあえなく断絶となった。

代わりに当地を治めた藩主は善政を敷いた。

その後は幕末に至るまで、さしたる飢饉《ききん》もなく、平穏な時が流れた。

二

剣豪与力と鬼長官は、亡き師、芳野東斎の住まいを訪ねた。

首尾よく敵《かたき》を討ち果たしたことを伝えると、老妻の志津も息子の剣正も労をねぎらってくれた。

「これで東斎も浮かばれましょう。ありがたく存じます」

志津が頭を下げた。

「どうにか敵を討つことができ、ほっとしております」

月崎与力は包み隠さず言った。

「それがしも、肩の荷が下りたような心持ちです」

長谷川長官が和す。

「泉下《せんか》の父も喜んでくれていると思います」

剣正が感慨深げに言った。

「この刀のおかげです。良い働きをしてくれました」

剣豪与力はそう言って、「東斎」という銘《めい》を持つ刀を返そうとした。

「いえ、それはお納めくださいまし」

剣正が身ぶりをまじえた。

「東斎の形見のごときものですので」

志津も穏やかな声音《こわね》で言った。

「それがしに、この刀を」

剣豪与力は瞬《まばた》きをした。

「陽之進どのが差すにふさわしいでしょう」

鬼長官がわずかに笑みを浮かべた。

「ぜひとも」

駄目を押すように、刀工が言った。

「承知しました。先生の名がついた刀に恥じぬように、今後も研鑽《けんさん》に努めましょう」

剣豪与力は引き締まった表情で言った。

かくして、「東斎」は月崎陽之進の愛刀となった。

三

芳野家を辞した二人は、松川町へ向かった。

二軒の江戸屋のうち、まず駕籠《かご》屋のほうに顔を出す。

「おお、大願成就《じょうじゅ》でおめでたいことで」

あるじの甚太郎が笑みを浮かべた。

「おめでたく存じます」

おかみのおふさも和す。

敵討ちが成就した話で、すでに持ちきりのようだ。

「どうにかな」

剣豪与力が座敷に上がってあぐらをかいた。

鬼長官も続く。

娘のおすみが茶を運んできた。

「そろそろ産み月ではないのか」

月崎与力が問うた。

「ええ。あとひと月足らずではないかと」

おすみが帯に手をやった。

もうだいぶおなかが目立ってきている。

「養生《ようじょう》して、良い子を産め」

長谷川長官が白い歯を見せた。

「はい。ありがたく存じます」

おすみはいい顔つきで答えた。

亭主の為吉とのあいだに生まれる初めての子だ。おすみがややこを身ごもるまでは、夫婦《めおと》の出前駕籠として鳴らしていた。

「いい先生がついてくださってるので」

と、甚太郎。

真庭幸庵《まにわこうあん》は産科の専門ではなく、本道（内科）の医者だが、その診立《みた》てはいたって正確だという評判だ。

「産婆さんも」

おふさが言い添えた。

産婆のおそまも腕はたしかだ。

「安心してお産に臨めます」

おすみが笑顔で言ったとき、なじみの顔が入ってきた。

「おっ、おそろいで」

そう言ったのは、猫又の小六だった。

閂《かんぬき》の大五郎もいる。

「おう、どうだ。身の痛みは取れたか」

剣豪与力が十手《じって》持ちに問うた。

「まだ体の節々が痛みまさ」

大五郎親分は顔をしかめて腕を回した。

ほうぼうで張り手を見舞い、いつもより長く戦ったせいで、だいぶ痛みが残っているらしい。

「なら、茶を呑んだら飯屋へ行くか。精のつくものを食わねばな」

剣豪与力が水を向けた。

「そりゃ望むところで」

大五郎が腹を一つぽんとたたいた。

「おいらも腹が減ってたので」

小六も言う。

「では、そういうことで」

鬼長官がそう言って、湯呑みの茶を呑み干した。

四

飯屋にはいい匂いが漂っていた。

今日の膳の顔は鰻《うなぎ》の蒲焼《かばや》きだ。

江戸屋の蒲焼きは、番付に載る鰻屋にも引けを取らないというもっぱらの評判だ。むろん、飯の盛りもいい。

これに肝吸《きもす》いと香の物と小鉢がつく。評判を聞きつけて、このところは遠方から足を運ぶ客もいるほどだ。

「稽古が終わったら来るそうで」

小六が伝えた。

小回りの利く下っ引きは、さっそく自彊館《じきょうかん》に顔を出してきたようだ。

「ならば、今日はこのたびの打ち上げだな」

剣豪与力が笑みを浮かべた。

「鰻だけじゃなくて、穴子《あなご》の一本揚げもできますので」

あるじの仁次郎が厨《くりや》から言った。

「炊《た》き込みご飯も素麵《そうめん》もございます」

おかみのおはなが笑顔で言う。

「ちらし寿司もできますので」

修業中の吉平もいい声で言った。

「まあ、追い追いだな」

月崎与力が言った。

ここで義助《ぎすけ》とおはるのきょうだいが寺子屋から帰ってきた。猫のさばも一緒に入ってくる。

「おう、気張ってるか?」

大五郎親分が義助に声をかけた。

「へい。これからまた学びで」

跡取り息子が答えた。

「寺子屋の学びか」

長谷川長官が問う。

「いえ、厨の修業で」

義助が答えた。

「なら、手を洗って、一緒にやろう」

吉平が言った。

「へい」

義助はいい声で答えた。

「妹はお運びの手伝いかい」

小六がおはるにたずねた。

「ううん、あそび」

おはるがそう答えたから、飯屋に笑いがわいた。

奥のほうでは、駕籠かきたちが箸《はし》を動かしている。みな山吹色《やまぶきいろ》の鉢巻きだ。

「遊びがいちばんだぜ」

「遊ぶために気張ってるんだからよ」

「汗をかく夏場はつれえがよ」

駕籠かきたちが言う。

「濃いめの味つけにしてるんで、うちの膳を食ってりゃ大丈夫で」

仁次郎が言った。

「力が出て、身の養いにもなるからな」

剣豪与力がそう言って、鰻の蒲焼きをわしっとほおばった。

「脂《あぶら》が乗っていてうまい」

鬼長官も満足げに言う。

「こりゃあ、今日は三杯飯ですな」

大五郎親分の箸が小気味よく動いた。

「親分はいつもそうでしょうが」

小六が横合いから言ったから、また笑いがわいた。

そのとき、表に人影が現れた。

「おう、来たな」

剣豪与力が言った。

ほどなく、二人の男がのれんをくぐってきた。

飯屋に姿を現したのは、自彊館の二ツ木伝三郎と望地数馬だった。

五

「そのうち、また追善稽古をやらねばな」

剣豪与力が言った。

先客が譲ってくれたので、みなで座敷に陣取っている。もっとも、大五郎親分もいるからいささか手狭だ。

「では、先生の月命日でいかがでしょう」

師範代が言った。

「そうだな。それが良かろう」

剣豪与力はそう言って、出たばかりの穴子の一本揚げを口に運んだ。

「おう、さくっと揚がっていてうまい。おぬしらも食え」

若き剣士たちに勧める。

「はい」

二ツ木伝三郎が答えた。

「いただきます」

望地数馬も続く。

「おう、こりゃうめえや。鰻の次は穴子でい」

大五郎親分は上機嫌だ。

「おいらはじっくり肝吸いを」

小六が椀を手に取った。

ここで炊き込みご飯が来た。

大きなお櫃《ひつ》を義助が運んでくる。

「さっそく手伝いだな」

鬼長官が笑みを浮かべた。

「へい、お待ちで」

跡取り息子がお櫃を置いた。

さっそく取り分けて食す。

大豆《だいず》に油揚げ、それに牛蒡《ごぼう》だけのいたって簡素な炊き込みご飯だが、濃いめの味つけで実にうまい。

「これもいくらでも胃の腑《ふ》に入《へえ》るな」

門の大五郎の箸が動く。

「一人で食っちまわないでくださいよ、親分」

小六がクギを刺した。

「いくらなんでも食えねえぜ」

親分がお櫃を箸で示したから、飯屋に和気が漂った。

「これから秋になり、茸《きのこ》がうまくなったら、炊き込みご飯がなおうまかろう」

剣豪与力が言う。

「では、いずれ山稽古なども」

鬼長官が乗り気で言った。

「そうだな、江戸屋に弁当を頼んで」

月崎与力が答えた。

「ぜひお供させていただきます」

二ツ木伝三郎が笑みを浮かべた。

「山稽古は足腰が鍛えられますから」

望地数馬も白い歯を見せた。

「なら、山が色づくころに野稽古だな」

剣豪与力はそう言うと、炊き込みご飯をまたわしっとほおばった。

そこへ、駕籠かきが二人、急ぎ足で入ってきた。

松太郎と為吉だった。

六

「山崎屋《やまざきや》へ出前を四丁」

為吉が指を四本立てた。

「へい、承知で」

仁次郎が厨から言った。

「山崎屋はおめえが嫁をもらうところだな？」

剣豪与力が松太郎に言った。

「そのとおりで、へへ」

江戸屋の跡取り息子が嬉《うれ》しそうに答えた。

「こいつ、まだにやけてるんでさ」

「祝言《しゅうげん》はまだいくらか先なのによ」

「のろけばっかし聞かされてるんで」

同じ山吹色の鉢巻きの駕籠かきたちが言う。

松太郎が嫁に迎えることになっているのは、通《とおり》一丁目の醬油酢問屋、山崎屋伊《い》兵衛《へえ》の四女のおいとだった。

醬油酢問屋の番付にも載っている大店《おおだな》だから、またとない良縁だ。山崎屋の身内の喪《も》が明ける秋口に祝言を挙げることに話が決まっている。

「すまねえこって」

松太郎が髷《まげ》に手をやった。

「おめえにはややこができるし、めでてえことばっかりだな」

大五郎親分が為吉に言った。

「いや、もうどきどきで」

為吉が胸に手をやった。

「初めての子だからな。女房をいたわってやれ」

剣豪与力が言った。

「へい、そりゃあもう」

為吉は笑みを浮かべた。

ほどなく、出前の支度が整った。

身重のおすみの代わりに古参の巳之吉が担ぐこともあるが、なにぶん歳だから無理は利かない。そこで、手の空いた駕籠かきが手伝うことになっていた。いまはその役が松太郎だ。

「出前は鰻重と肝吸いか」

鬼長官が訊《き》いた。

「へい、夏場はこれが人気で」

為吉が答えた。

「明日も鰻重なら、役宅に八人前頼めるか」

鬼長官が厨に声をかけた。

「そりゃもう、喜んで」

仁次郎がすぐさま答えた。

はあん、ほう……

はあん、ほう……

先棒と後棒が調子をそろえて、出前駕籠が進む。

届け先は醬油酢問屋の山崎屋だ。

まもなく笑顔の花が咲くだろう。

七

翌日──。

笑顔の花は南八丁堀の火盗改方の役宅で咲いた。

鰻重と肝吸いが行きわたり、みなの箸が小気味よく動きだしたところだ。

「江戸屋の鰻はうまいですな」

時政源之亟与力が満足げに言った。

捕り物で弾を受けたときはひやりとしたが、いまはもう大丈夫だ。

「焼き加減がちょうどいいからな」

鬼長官がうなずく。

「たれがうまいので箸が止まりませぬ」

中堂左門が言った。

「たれのかかった飯の盛りもいいです」

「肝吸いもうまい」

「毎日これでもいいくらいで」

火盗改方のほかの面々も笑顔だ。

「ところで、その後何か動きはあるか」

飯が一段落したところで、鬼長官が左門にたずねた。

元隠密はいまなお公儀の奥深いところに通じている。

「はい」

左門は茶を呑み干してから続けた。

「美濃白旗藩はお取りつぶしということで進んでおりますが、ほかにも剣呑《けんのん》な藩があるようです」

声を落として告げる。

「そうか。火種は尽きぬな」

鬼長官は渋い表情で答えた。

「まだくわしいことは分かっておりませんが、藩主を筆頭に、悪の巣窟《そうくつ》のごときものと化しているという噂《うわさ》があります」

左門は伝えた。

「悪の巣窟か」

鬼長官の眉間《みけん》に縦じわが浮かんだ。

「それはただならぬことですな」

時政与力も憂《うれ》い顔で言う。

「このたびの捕り物は、幕閣も高く評価されているとのこと。成り行きによっては、いずれまた影御用があろうかと」

元隠密が引き締まった表情で言った。

「ならば、この先も身を入れた稽古をせねばな」

半ばおのれに言い聞かせるように、鬼長官が言った。

八

「ていっ」

若き剣士がひき肌竹刀《はだしない》を打ちこんだ。

望地数馬だ。

「ぬんっ」

師範代の二ツ木伝三郎が受ける。

自彊館では追善稽古が始まっていた。

奥の畳の上には、いまは亡き芳野東斎の位牌《いはい》と愛用の木刀が置かれている。

剣豪与力と鬼長官は端座して若き剣士たちの稽古を見守っていた。ほかの門人たちも同じだ。亡き師の月命日の追善稽古とあって、道場には引き締まった気が漂っていた。

「とりゃっ」

望地数馬がまた打ちこんだ。

二ツ木伝三郎が受ける。

「いくらか遠回りしているぞ、数馬」

剣豪与力が声をかけた。

「はっ」

若き剣士が短く答えた。

「脇が空き気味だ。まっすぐ振り下ろせ」

鬼長官が身ぶりをまじえた。

「はいっ」

望地数馬は姿勢を正した。

さらに稽古が続く。

二人の剣士の汗が飛び散る。

いい稽古だ。

「てやっ」

今度は二ツ木伝三郎が踏みこんだ。

「とおっ」

望地数馬が受ける。

押さばば引き、引かば押す。

打てば受け、受ければ打つ。

両者相譲らぬいい稽古だ。

やがて、互いに見合う時が長くなってきた。

息があがる。

「それまで」

剣豪与力が右手を挙げた。

鬼長官がうなずく。

自彊館の二人の剣士は間合いを置いてひき肌竹刀を納めた。

九

「いざ」

剣豪与力がひき肌竹刀を構えた。

「お願い申す」

鬼長官が一礼する。

若き剣士たちの稽古が終わり、最後に両雄が相まみえるところだ。

「てやっ」

まず剣豪与力が打ちこんだ。

「ぬんっ」

鬼長官が受ける。

ぱしっ、といい音が響いた。

「せいっ」

剣豪与力が間合いを詰めた。

相手の顔がくきやかに見えた。

見慣れた鬼長官の顔に、もう一つの面影がかぶさった。

いまは亡き師だ。

この道場で、いくたびも東斎先生と竹刀をまじえてきた。

あのとき、このとき……。

思い出は数珠《じゅず》つなぎになってよみがえってくる。

月崎与力はまばたきをした。

「てやっ」

鬼長官が打ちこんできた。

我に返り、しっかりと受ける。


気合を入れて臨まねば。

この世に悪の種は尽きぬ。

われらの出番はまだまだ続く。

気張っていくぞ、平次。


剣豪与力は心の中で呼びかけた。

目と目で通じるものがある。

鬼長官の瞳にいい光が宿った。

「とりゃっ」

また打ちこんでくる。

清々《すがすが》しい剣筋だ。

「ぬんっ」

剣豪与力が受ける。
押し返し、間合いができる。
両雄の気の入った稽古は、なおしばらく続いた。

終章　悦《よろこ》びの季《とき》

一

江戸の町に秋の気配が漂いはじめた。
夜になると、風の冷たさを感じるほどだ。
夏場は生ものの足が早いから何かと気を遣《つか》うが、秋口になればひと安心だ。
海のものも、山のものもうまい。まさに恵みの季《とき》だ。
そんな悦びの季――。
松川町の江戸屋に新たな声が響いた。
赤子の呱々《ここ》の声だ。
おすみが無事、ややこを産んだのだ。
江戸屋は喜びに包まれた。

「丈夫そうなややこだよ。よかったね」

産婆のおそまが笑みを浮かべた。

「ほっとしたよ」

為吉が胸に手をやった。

大きなつとめを終えたばかりのおすみがうなずく。

おすみが産んだのは男の子だった。

泣き声は元気だし、見たところ体も大丈夫そうだ。

「これからがまた大変だが、何にせよ大きな峠《とうげ》を越えたな」

駕籠《かご》屋《や》のあるじの甚太郎が言った。

「産後の肥立《ひだ》ちが大切だから、養生《ようじょう》しなきゃ駄目よ」

おかみのおふさが言う。

二人にとっては初孫《ういまご》になるから、おのずと顔がほころぶ。

「精のつくものを食べてね」

おそまが言った。

「はい」

おすみがうなずいた。

「飯屋から出前をもらいますんで」

為吉が言った。

「初めのうちは食いやすいものがいいだろう」

と、甚太郎。

「雑炊《ぞうすい》とかね」

おふさが言った。

「なら、玉子雑炊がいいな」

為吉が両手を打ち合わせた。

「ああ、玉子は値が張るけど、精がつくから」

産婆が言った。

「いまでも食べられるかい？」

為吉が問うた。

「うん、大丈夫」

おすみがうなずいた。

「だったら、頼んでくるよ」

為吉がさっそく動いた。

「なら、わたしゃ次のお産があるんで」

おそまが腰を上げた。

「ああ、ありがたく存じました」

おふさが深々と一礼する。

「おかげさんで、孫の顔を見られました。礼を申します」

甚太郎もていねいに言う。

「これから幸庵先生に伝えてきますんで。あとはよしなに」

気のいい産婆が笑みを浮かべた。

「ほんに、ありがたく存じました」

おすみが布団の中から言った。

「養生してね」

産婆が声をかける。

「はい」

赤子を抱いたおすみが答えた。

二

「はい、玉子雑炊だよ」

為吉が匙《さじ》をおすみの口に近づけた。

「一人で食べられるけど」

おすみが笑みを浮かべる。

「せっかくだから、食べさせてもらったら？」

おふさが言う。

「今日だけだよ」

為吉が笑って言った。

「うん」

おすみはうなずいた。

「はい、あーん」

匙が近づく。

玉子雑炊は、お産を終えたばかりのおすみの口に投じ入れられた。

「……おいしい」

胃の腑《ふ》に落としたおすみが、しみじみとした口調で言った。

「忘れられない味になるわね」

おふさが言う。

おすみは感慨深げにうなずいた。

「もっとどんどん食べな」

為吉が次の玉子雑炊をすくった。

「うん」

おすみは笑みを浮かべた。

はい、すぐ手配させていただきますんで。

しばしお待ちくださいまし。

見世《みせ》のほうから、あるじと番頭の声が響いてくる。

赤子が生まれたおかげで、江戸屋にいちだんと活気が生まれているようだ。

「あっ、泣きだした」

おすみが声をあげた。

「お乳かな」

と、為吉。

「そうみたい。ちょうど食べ終わったから」

おすみが笑顔で言った。

三

お乳をあげて赤子が泣きやんだ頃合いに、真庭幸庵が往診に来てくれた。

道具箱を提げた弟子も一緒だ。

「よろしいですね」

ひとわたり診察を終えた幸庵は満足げに言った。

「母子ともにいたって順調です」

総髪の医者が太鼓判《たいこばん》を捺《お》した。

「ありがたく存じます」

赤子を抱いたおすみが頭を下げた。

「精のつくものを食べて、なるたけ楽に眠るようにしてください。そうすれば、だんだんに本復していきますので。決して焦《あせ》らないことです」

幸庵が言った。

「はい」

おすみはいい表情で答えた。

「夜泣きもするし、しばらくは大変でしょうけど」

と、おふさ。

「周りが気遣ってあげてください」

帰り支度をしながら、幸庵が言った。

「精のつくものを運んできますので」

為吉が笑顔で言った。

「すぐそこが飯屋ですからね」

幸庵が身ぶりをまじえる。

「いい匂いが漂っていました」

弟子が言った。

「では、次の往診の前に食べていくか」

医者が水を向ける。

「それはぜひとも」

弟子が乗り気で答えた。

「出前もやっておりますから、そのうちぜひ」

おすみが如才《じょさい》なく言った。

「夏場は鰻重《うなじゅう》がおいしいので」

おふさが言った。

「前は夫婦《めおと》の出前駕籠でよく運んだものです」

おすみが為吉のほうを見た。

「そのうちまた運べるようになりましょう」

幸庵が言った。

四

はあん、ほう……

はあん、ほう……

声をそろえて、出前駕籠が帰ってきた。

為吉はお産を終えたばかりのおすみのそばにいてやらねばならない。今日は控えの巳之吉と跡取り息子の松太郎が組んでいた。

「いやあ、奉行所への行き帰りだけで大儀で」

空駕籠を下ろした巳之吉が腰に手をやった。

「なら、代わりを探してきまさ」

松太郎が飯屋ののれんをくぐった。

「おう、新平《しんぺい》、次の出前駕籠に入れるか？」

松太郎は若い駕籠かきに声をかけた。

「へい、入れまさ」

山吹色《やまぶきいろ》の鉢巻きを締めた駕籠かきが答えた。

「なら、次の出前から頼むぜ」

松太郎が言った。

「承知で」

新平はいい声で答えた。

今日の出前の膳は、茸《きのこ》の炊《た》き込みご飯に秋刀魚《さんま》の塩焼きだ。これに具だくさんのけんちん汁がつく。

尾のぴんと張った秋刀魚だ。

茸は三種を使うとうまくなる。今日は舞茸《まいたけ》、平茸《ひらたけ》、占地《しめじ》だ。

脇役の油揚げもうまい。いくらかお焦《こ》げをつくってやると、なお味に深みが出る。

「月崎の旦那《だんな》のとこは、今日も大好評で」

松太郎が厨《くりや》に伝えた。

「そうかい。そりゃありがてえ」

手を動かしながら、仁次郎が答えた。

「おっつけ、こっちへ来るそうで。途中で親分さんにも会ったし」

と、松太郎。

「今日はたんとつくったから、どんと来いだ」

飯屋のあるじが胸をたたいた。

五

「腹ごしらえの前に、まずややこの顔を見てやらねえと」

大五郎親分が歩きながら言った。

「寝てるかもしれませんぜ」

小六も一緒だ。

「そのときは飯だな」

親分が笑みを浮かべた。

「おっ、泣き声が聞こえてきた」

小六が耳に手をやった。

「いい声だ」

大五郎親分が白い歯を見せた。

のれんをくぐり、奥へ進む。

「あっ、いらっしゃい」

おふさが出迎えた。

「客じゃねえけどよ」

「ややこの顔を見に来たんで」

大五郎と小六が言った。

「おお、よしよし」

奥では為吉が赤子をあやしていた。

「おっ、めでてえな」

大五郎親分が右手を挙げた。

「ありがたく存じます」

為吉は恵比寿顔《えびすがお》だ。

「手つきがあぶなっかしいぜ」

と、小六。

「まだ慣れてねえんで」

為吉は笑って答えた。

「なら、わたしが」

おすみが手を伸ばした。

「おう、頼むよ」

為吉は赤子を女房に渡した。

ここで駕籠屋に動きがあった。

急ぎの駕籠の頼みがあったので、松太郎と泰平が出ることになったのだ。

「なら、行ってきまさ」

松太郎が言った。

「おう、頼む」

甚太郎がそう答え、切絵図の上に山吹色の駒《こま》を一つ置いた。

「よしよし、あとでまたお乳をあげるからね」

おすみがやさしく言う。

「おっ、泣きやんだぜ」

「さすがはおっかさんだ」

十手《じって》持ちと下っ引きが言った。

「おいらじゃ泣くばっかりだったけど」

と、為吉。

「おとっつぁんは外で稼いでこいって言ってんだよ」

小六が軽口を飛ばしたとき、駕籠屋にまた人が入ってきた。

「おう」

手を挙げて入ってきたのは、月崎与力だった。

六

「名はもう決めたのかい」

剣豪与力が問うた。

「いや、まだ、ああでもねえ、こうでもねえと」

為吉が答えた。

「案が出るばっかりで絞れないんです」

おすみが少し困り顔で言った。

「まあ、急ぐことじゃねえからよ」

大五郎親分が言った。

「何なら、おいらが考えてやるよ」

小六が軽口を飛ばした。

「そりゃ遠慮しときまさ」

為吉がすぐさま言った。

「せっかくだから、旦那につけていただいたらどうかしら」

おふさが甚太郎に言った。

「おう、そりゃいいな」

駕籠屋のあるじが乗り気で言った。

「おれがつけるのか」

剣豪与力がおのれの胸を指さした。

「いい名をつけてくださいまし」

赤子を抱いたおすみが奥から言った。

「いままでどんな名が出たんだ?」

月崎与力が問うた。

「おいらの名から『為』か『吉』を採ってつけようかと」

為吉が答えた。

「なら、為之進《ためのしん》とかどうだい」

大五郎親分が案を出した。

「そりゃちょいと語呂が悪いような」

小六が首をひねる。

「なんとか之進だとお武家さまみたいだし」

おふさも言った。

「だったら、陽吉《ようきち》はどうだ。運気は良さそうだぞ」

剣豪与力が言った。

「そりゃいいかも」

甚太郎がすぐさま言った。

「陽吉、陽吉……言いやすいかも」

おすみがうなずく。

「なら、陽吉にしちまいましょう」

為吉が両手を打ち合わせた。

「よし、決まったな」

大五郎親分が帯を一つたたいた。

「なら、赤子の名も決まったことだし、飯屋へ行くか」

剣豪与力が腰を上げた。

「望むとこで」

大飯食らいの十手持ちがすぐさま言った。

「お供しまさ」

猫又の小六も続いた。

七

「そりゃ、いい名で」

飯屋で呑んでいた巳之吉が笑みを浮かべた。

今日の出前駕籠はもう御役御免だ。奥のほうには若い駕籠かきたちが陣取っている。

「旦那から一字もらったんなら、きっと丈夫に育ちまさ」

願いをこめて、仁次郎が言った。

いまと比べると、当時は小さいうちに亡くなる者が格段に多かった。恐ろしいはやり病もいまの比ではなかった。

七歳までは神の子と言われた。活かすも殺すも神の掌《たなごころ》の上というわけだ。七五三の祝いは、いまより切実な重みがあった。

ああ、三つまで来た。

五歳になった。梯子段《はしごだん》の残りはもう少しだ。

そして、七つになったら、ようやく神の子から人の子になることができる。いま寺子屋に通っている飯屋の義助とおはるも、晴れて人の子になることができた。

「丈夫に育てば良いな」

剣豪与力がそう言って、小六がついだ酒を呑み干した。

膳と料理が来た。

十手持ちと下っ引きは秋刀魚の塩焼きと炊き込みご飯の膳だが、月崎与力は奉行所で同じ出前を取っている。

同じ秋刀魚でも、蒲焼《かばや》きとつみれ汁だ。蒲焼きは鰻や穴子もいいが、秋刀魚もうまい。

「ああ、炊き込みご飯だけでもうめえな」

大盛りの飯をほおばった大五郎親分が言った。

「なら、飯だけ食っててくだせえ、親分」

と、小六。

「んな殺生《せっしょう》な」

大五郎はそう言うと、ほぐした秋刀魚の身を口中に投じた。

「茸は天麩羅《てんぷら》もできるか」

剣豪与力が問うた。

「もちろんで」

厨から仁次郎がいい声で答えた。

「なら、盛り合わせをもらおう」

与力が頼む。

「へい、承知で」

「ああ、食った食った」

打てば響くような返事があった。

いくらか経ったところで、大五郎親分が腹に手をやった。

「おいらも満腹で」

小六も言う。

「お待たせしました。茸の天麩羅の盛り合わせで」

ここで修業中の吉平が皿を運んできた。

「松茸《まつたけ》も入れときましたんで」

仁次郎が厨から言った。

「そりゃ豪勢だ」

剣豪与力はさっそく箸《はし》を動かした。

香りのいい松茸に、肉厚の椎茸《しいたけ》、それに、しっかりと塩胡椒《しおこしょう》を利かせた舞茸と平茸。どれも存分にうまい。

「ぱりっと揚がってるな。うまいぞ」

月崎与力が満足げに言ったとき、駕籠が戻ってきた。

松太郎と泰平の駕籠だった。

八

「赤子の名も決まったし、次はおまえの祝言《しゅうげん》だな」

剣豪与力がそう言って、お代わりをした秋刀魚のつみれ汁を呑み干した。

「へい、初めは向こうで祝いの宴《うたげ》をっていう話だったんですが、それだとおいらが入り婿《むこ》みたいで」

松太郎が答えた。

「せっかくだから山崎屋持ちでうめえもんを食ってくりゃいいのに」

泰平が言う。

「番付に載ってる醬油酢問屋なんだからよ」

だいぶ赤くなった顔で、巳之吉が言った。

「なら、どこでやるんだい」

大五郎親分が問うた。

「ここでさ、親分さん」

松太郎が指を下に向けた。

「次の午《うま》の日が吉日なので、うちを貸し切りで」

おはなが笑みを浮かべた。

「おいらたちはよそへ食いに行きますんで」

「あらかじめ分かってりゃ、どうとでもなりまさ」

若い駕籠かきたちが奥から言った。

「曲がりなりにも小上がりの座敷があるんで、そこに新郎新婦と山崎屋さんに座ってもらおうかと」

仁次郎が身ぶりをまじえた。

「江戸屋はどうするんだ」

剣豪与力が問うた。

「兄貴たちはそのへんで」

仁次郎が土間を指さしたから、飯屋に笑いがわいた。

「親分さんにひと言しゃべってくださいとお頼みしたんですけど、断られちまって」

松太郎が髷《まげ》に手をやった。

「そりゃ、張り手だったら喜んで見舞うし、四股《しこ》も踏んでやるけどよ。しゃべるのはちょいとな」

大五郎親分が御免こうむるとばかりに手を振った。

「代わりに、おいらが甚句《じんく》をやる羽目に」

小六がややあいまいな顔つきで言った。

「頼んますよ」

と、松太郎。

「いま文句を思案してるんで」

小六は頭を指さした。

「次の午の日なら、おれもちらりと顔を出してやろう」

月崎与力が言った。

「えっ、ほんとですかい」

松太郎が驚いたように言った。

「急なつとめが入らなければな」

と、剣豪与力。

「そりゃおいらと役者が違うんで」

大五郎親分が笑みを浮かべた。

「ぜひとも締めにひと言」

松太郎が両手を合わせた。

「分かった。これも縁だからな」

剣豪与力が白い歯を見せた。

九

次の午の日――。

松川町の飯屋のほうの江戸屋は、ことのほか華やいでいた。

いつもは男臭い駕籠かきが陣取っている小上がりの座敷には、綿帽子をかぶった白無垢《しろむく》姿の花嫁が座っている。その隣には、初めて紋付き袴《はかま》をまとった松太郎がやや緊張気味に控えていた。

通一丁目の醬油酢問屋、山崎屋の四女おいとと江戸屋の跡取り息子の松太郎との祝言は、固めの杯《さかずき》が滞《とどこお》りなく終わり、列席の者たちに酒が回りはじめた。

白木の三方《さんぽう》には紅白の水引をかけた見事な焼き鯛《だい》が据えられている。仁次郎が気を入れて焼いた鯛だ。

鯛はほかに活けづくりがある。縁起物の海老天や昆布巻きなど、腕によりをかけてつくった料理が美しく並んでいた。

「では、御酒《ごしゅ》のお代わりはどんどんお持ちしますので」

おかみのおはなが笑みを浮かべた。

「あとで紅白蕎麦《そば》などもお出しします」

あるじの仁次郎が和した。

「なら、食いましょうや」

あとで甚句を披露《ひろう》する小六が言った。

大飯食らいの大五郎親分は遠慮したようで顔が見えない。

「待ってました」

松太郎とよく組む泰平が箸を手に取った。

子が生まれたばかりの為吉は駕籠屋にいる。おすみのそばにいてやるのがいちばんだ。おふさも留守を預かっている。

松太郎とおいとの朋輩《ほうばい》たちに、山崎屋の親族。これだけでかなりの頭数になる。貸し切りとはいえ、飯屋はいささか狭く感じられるほどだった。

「ふつつかな娘ですが、どうかよしなに」

山崎屋伊兵衛が甚太郎に酒をついだ。

「こりゃどうも。またとない良縁で、ありがたいことで」

江戸屋のあるじが腰を低くして受ける。

ここで楽しげな笑いがわいた。

松太郎とおいとの朋輩たちがだんだんに打ち解け、話がそこここで弾みだしたのだ。

そんなおり――。

急ぎ足で飯屋に向かってきた男がいた。

「おっ、真打ちが来ましたぜ」

小六が指さした。

ほどなく祝言の場に姿を現したのは、剣豪与力だった。

十

「このたびは、めでたいことだ」

ひとわたりあいさつを受けた月崎与力が松太郎に酒をついだ。

「こりゃどうも、畏《おそ》れ多いこって」

松太郎は恐縮して受けた。

「そのうち、子をつくらねえと」

仲のいい泰平があおる。

「妹に先を越されちまったからよ」

小六が言った。

「まあ、気張りまさ」

まんざらでもなさそうな顔つきで、松太郎が答えた。

新婦のおいとが少しほおを染める。

ここで紅白蕎麦が出た。

紅は紅生姜《べにしょうが》で色をつけてある。ぴりっと辛い風味豊かな蕎麦だ。

白は御膳粉《ごぜんこ》を用いている。のどごしが良く、しっかりとこしも残っているうまい蕎麦だ。

「こんな蕎麦、初めて食ったぜ」

「こりゃ思い出になるな」

松太郎の朋輩たちが言う。

「ほんと、おいしい」

「ほかのお料理もおいしかったけど」

おいとの朋輩たちも満足げだ。

「なら、そろそろ宴もたけなわで」

甚太郎が小六の顔を見た。

「へい、余興の出番で」

下っ引きが立ち上がった。

「よっ、頼んます」

松太郎が声をかけた。

「しっかりやれ」

月崎与力が言った。

「へいっ」

小六は帯をぽんと一つたたいた。

「なら、月崎の旦那の前座で、お粗末ながら甚句を」

元力士はそう言うと、自慢ののどを披露しはじめた。

ハアー　松川町の　二軒の江戸屋
兄は駕籠屋で　弟は飯屋
（やー、ほい）

駕籠屋のほうの　跡取り息子
道で難儀の　娘を助け
（ほい、ほい）

合いの手が入る。

道で足をくじいてしまったおいとを助けたところから、このたびの縁が生まれたのだった。

いつのまにやら　いい仲に
めでためでたの　良縁つむぎ
（やー、ほい）
晴れて祝言　ほいっ

小六の声が高くなった。

おめでたく存じます！
（ほいっ、ほいっ）

小六が満面の笑みで頭を下げると、列席者から歓声がわいた。

いよいよ締めだ。

「なら、旦那、締めてくださいまし」

小六が身ぶりをまじえた。

「おう」

剣豪与力が右手を挙げた。

「このたびは、まことにめでたいかぎりで」

月崎与力が笑みを浮かべた。

新郎新婦とその親が頭を下げる。

「いまは順風満帆、日和《ひより》にも恵まれ、悦《よろこ》ばしき船出をしたところだ。さりながら……」

一つ咳払《せきばら》いをしてから続ける。

「照る日があれば、曇る日もある。雨が降ったり、あらしに巻きこまれるときもあるだろう。そういう苦難の時こそ、夫婦の絆《きずな》の力が試される」

その言葉を聞いて、松太郎とおいとが神妙にうなずいた。

「ともに力を合わせ、難儀な峠を登りきれば、また悦びの景色が広がるだろう。やがて子ができ、家族で笑顔で暮らすことができるであろう」

月崎与力が笑みを浮かべた。

新郎新婦も笑う。

「今日はその長い旅路の始まりだ。日和はいい。心地いい風が吹いている」

剣豪与力は掌《てのひら》を上に向けた。

「その風に背を押されながら、ともに手を携《たずさ》え、しっかりと前を見て進んでいけ。それがおれからの餞《はなむけ》の言葉だ」

月崎与力はそう締めくくった。

「ありがたく存じます」

新郎の父の甚太郎が真っ先に礼を述べた。

山崎屋伊兵衛もていねいに一礼する。

「よし、まだ料理と酒が残っている。食って呑め」

剣豪与力が白い歯を見せた。

「承知で」

「まだ呑むぞ」

宴の席のそこここで声があがった。

十一

「とりゃっ」

鬼長官がひき肌竹刀《はだしない》を打ちこんだ。

「ぬんっ」

剣豪与力が受ける。

いつもの自彊館《じきょうかん》だ。

両雄ばかりでなく、ほかの剣士たちも稽古《けいこ》に励んでいる。

「とおっ」

師範代の二ツ木伝三郎が踏みこむ。

「そりゃっ」

望地数馬がしっかりと受けた。

ほかの門人たちも思い思いに稽古に打ちこむ。道場主亡きあと、一時は灯が消えたようになっていた自彊館には、すっかり活気が戻っていた。

「とりゃっ」

剣豪与力が打ちこむ。

「ぬんっ」

鬼長官が正しく受ける。

気の入った稽古は、なおしばらく続いた。


「次は野稽古にするか」

一段落ついたところで、剣豪与力が師範代に言った。

「それは良うございますね」

汗を拭きながら、二ツ木伝三郎が答えた。

「山はもう色づいていますから」

望地数馬が笑みを浮かべた。

「では、江戸屋に弁当を頼んで、みなでまいりましょう」

鬼長官が乗り気で言った。

「そうだな。秋の野を愛《め》でながら鍛えることにしよう」

剣豪与力が答える。

「それは楽しみで」

「野稽古のあとの弁当がうまそうです」

門人たちが言った。

「野稽古なら、左門にも声をかけておきましょう」

鬼長官が指を動かした。

とんぼを切るしぐさだ。

「ならば、弁当の運び役を兼ねて、小六もつれていくか」

剣豪与力が言った。

かくして、段取りが決まった。

十二

山の紅葉が日の光に照り映えている。

赤に橙《だいだい》、江戸屋の鉢巻きを彷彿《ほうふつ》させる山吹色もある。

ここは品川宿《しながわしゅく》に近い御殿山《ごてんやま》――。

これから自彊館の野稽古が始まるところだ。

「ひとしきり稽古してからだな」

ひき肌竹刀を提げた剣豪与力が言った。

「ひと汗かいてから弁当で」

鬼長官が答えた。

「では、このへんに陣地を」

二ツ木伝三郎が手で示した。

「おう、そうだな」

剣豪与力が言った。

「やれやれ、やっと下ろせまさ」

小六がほっとした顔つきになった。

望地数馬をはじめとする門人たちと、ここまで弁当の包みを運んできた。

「せっかくの山だから、崖《がけ》上りの稽古でもするか」

鬼長官が元隠密に言った。

「よろしいですよ」

中堂左門はにこりともせずに答えた。

「なら、おまえもいけ」

剣豪与力が小六に言った。

「ほうびは出ますかい」

小六が軽口を飛ばす。

「少しなら出してやろう」

剣豪与力が答えた。

「そういうことなら、気張って上りまさ」

小六が答えた。

みなが見守るなか、錦秋《きんしゅう》の崖上りが始まった。

「どちらもさすがの身のこなしだな」

二ツ木伝三郎が瞬《まばた》きをした。

「紅葉を縫うようにして上っているので、とても映えます」

望地数馬も言う。

「いい勝負だ」

剣豪与力が腕組みをして見守る。

道なき道をたどり、どちらが先に崖を上りきるか、最後まで予断の許さない勝負が続いた。

小六が一歩抜け出した……と見る間に、左門が最後の追い込みを見せた。

元隠密は猿《ましら》のごとくに上り、ついに抜き去って崖の頂《いただき》に到達した。

「さすがだな」

鬼長官が満足げにうなずいた。

ややあって、二人は裏手の坂を下って戻ってきた。

「鍛え甲斐《がい》のある坂がありますぜ」

小六が言った。

「下りは楽ですが、上りは急で」

左門も言う。

「では、素振りをしながら上り、一気に下ってから弁当だな」

剣豪与力がひき肌竹刀をかざした。

「心得ました」

鬼長官も続く。

えいっ！

せいっ！

掛け声を発しながら、急な坂を上る。
ぐっと踏ん張って、ひき肌竹刀を振る。
額には早くも汗が浮かんだ。
上るにつれて、空がだんだん近くなってきた。
抜けるように青い、さわやかな秋の空だ。
いつのまにか、鬼長官が近づいてきた。
ほぼ肩を並べ、坂の頂を目指す。
「行くぞ、平次。とりゃっ！」
剣豪与力は前へ進んだ。
「負けませぬぞ、陽之進どの。そりゃっ！」
鬼長官も続く。
坂の頂が見えてきた。
ものみな美しく輝く悦びの地だ。
そこを目指して、剣豪与力と鬼長官は最後の坂を上っていった。
一歩ずつ、力強く。

[参考文献一覧]

『一流料理長の和食宝典』（世界文化社）
田中博敏『お通し前菜便利集』（柴田書店）
田中博敏『旬ごはんとごはんがわり』（柴田書店）
『一流板前が手ほどきする人気の日本料理』（世界文化社）
『人気の日本料理2　一流板前が手ほどきする春夏秋冬の日本料理』（世界文化社）
野崎洋光『和のおかず決定版』（世界文化社）
畑耕一郎『プロのためのわかりやすい日本料理』（柴田書店）
土井勝『日本のおかず五〇〇選』（テレビ朝日事業局出版部）
『復元・江戸情報地図』（朝日新聞社）
西山松之助編『江戸町人の研究　第三巻』（吉川弘文館）

コスミック・時代文庫

剣豪《けんごう》与力《よりき》と鬼長官《おにちようかん》
極悪大名

2023年5月25日　初版発行

【著者】
倉阪《くらさか》鬼《き》一郎《いちろう》

【発行者】
相澤　晃

【発行】
株式会社コスミック出版
〒154-0002 東京都世田谷区下馬 6-15-4
代表　TEL.03(5432)7081
営業　TEL.03(5432)7084
FAX.03(5432)7088
編集　TEL.03(5432)7086
FAX.03(5432)7090

【ホームページ】
http://www.cosmicpub.com/

【振替口座】
00110-8-611382

【印刷／製本】
中央精版印刷株式会社

ISBN978-4-7747-6471-9 C0193